AF295269

Om at være menneske

- 21 historier om at leve livet eller ej.

© **2024 Pia Brandt Danborg**

Forlag: BoD · Books on Demand GmbH,
In de Tarpen 42, 22848 Norderstedt, Tyskland

Tryk: Libri Plureos GmbH, Friedensallee 273,
22763 Hamborg, Tyskland

Forsidefoto: Pia Brandt Danborg

ISBN 978-87-4305-955-4

Indhold

1. Dyre drømme

Det havde været sådan siden ulykken. Den skete for tre år siden. Tre uendeligt lange år og en masse indlæggelser, ændringer, piller, omstillinger, rod i det, der skulle være styr på, forbindinger, sår, brud, der aldrig heler, samtaler, kaos, skemaer, målinger. De skulle jo finde ud af, hvad hun kunne. Hvad hun orkede. Hvad hun havde kræfter til. Hendes kapacitet, evner, formåen. Om hun formåede at leve et liv.

Ikke om hun ville leve.

Det blev der ikke spurgt om, det var der ikke nogen, der talte om. Det kunne ikke komme på tale. Ikke i hendes tilstand. Ikke i hendes alder.

Selvfølgelig vil man da leve. Det handler om at kunne.

Der var blevet sat begrænsninger for hende, uden at hun havde noget at skulle have sagt. Det skete bare, et uheld. Og så skal man egentlig bare være glad for. at man selv kan bestemme, hvornår man vil tisse. Det var på det niveau, at muligheden for at føle livsglæde lå.

Der var nu ikke meget andet, hun kunne klare, udover selv at vælge at tisse eller ej, når hun blev kørt ud på toilettet. Der blev bestilt en fast hjemmehjælper til alle formiddagstimerne og et enkelt aftenbesøg på en halv time. Hurra for mikrobølgemad hver dag til aftensmad. Hver dag, også i weekenden. Og en hjemmehjælper! Til hende! En ung kvinde, endnu ikke fyldt tredive år. Et menneske i sin bedste alder. Altså, lige indtil ulykken ændrede på det. I det mindste er hjemmehjælperen ikke den samme faste genkendelige person, selvom de lovede det. Så er det også nemmere at brokke sig og være besværlig, fordi man – igen- er i ualmindeligt dårligt humør. Hvis det var den samme person, ville hun trods alt nok få lidt dårlig samvittighed over sin måde at behandle dem på.

På et tidspunkt måtte lægerne operere hende igen. Hun blev ved med at have smerter i ryggen. Kunne ikke sidde i sin kørestol. Hun kunne stort set ingenting selv. Men hvis man ikke kan sidde i sin kørestol, som er ens hovedformål med dagen, at sidde der, så er der ikke meget tilbage. Det var ligesom der, i kørestolen, hun blev plantet hver morgen, fra morgen til aften, i en uendelighed. Et minut kan være uendeligt. Sådan føltes det. Der er mange minutter på en dag.

En reoperation er ikke sjov. De første operationer
gik fint, men det var hårdt, og kroppen var stadig
medtaget. Først ulykken, der presser kroppen til det
yderste - og dernæst tre planlagte handlinger, der
igen sætter kroppen på prøve. Holder den også til
det denne gang, eller giver den op, midt i det hele?
Men det gik. Den næste udånding var aldrig den
sidste, ikke endnu.

Men den fjerde operation var ikke planlagt, ikke til
at starte med. Det var ikke en del af pakken. Gitte
var rædselsslagen. På den ene side for smerterne i
ryggen, der bare blev ved med at plage, jage, forfølge
hende, kravle under hendes hud hvert eneste minut
af hendes vågne tid. Hospitalet ville ikke
smertedække efter fjorten dage, så bliver du
afhængig, sagde de. Og så tog de morfinen fra
hende. Røvhuller. Kunne hun i det mindste ikke få
lov at få fred for smerterne og bare synke ned i en
døs. Pis.

Der var altså kun endnu en operation som udvej.
Hurra igen, denne gang for valgmuligheder. Hvad
gør man, når der ikke er nogen?

Gitte kan ikke fordrage narkose. Før kunne hun ikke
fordrage tanken om det, nu kan hun ikke fordrage
selve det. Fuld narkose. At overgive sig til lægerne
og håbe, at de ved, hvad de gør. At bede til, at hun

vågner igen, selvom Gitte ikke er spor religiøs. At hun får lov til selv at tage endnu en indånding.

For det er da det Gitte ønsker, ikke?

Der er aldrig nogen, der har spurgt. Selvfølgelig vil man livet. Det vil vi da alle. Også Gitte, det forventer alle. Så ingen spørger. Alle hepper bare og kommer med peptalks, der ikke holder, det gør de aldrig, eller også er de bare direkte platte, tomme, latterlige.

Folk prøver. Gitte gyser ved tanken. Hun har heller aldrig sagt noget. Hvem ville høre efter. Og hvis de gjorde, ville de blive kede af det. Hvem ville kunne holde til al den afmagt og vrede. Det magter Gitte heller ikke selv. Hun har bare ikke noget valg.

Nu skal hun bare lytte, lytte rigtig godt efter. Nu skal de nok alle sammen fortælle hende, hvordan hun får det bedste ud af det liv, hun har tilbage. Der er masser af dejligt liv tilbage. Hurra, hurra, hurra. Tæl baglæns fra ti. Ti, ni, otte, det skal nok gå alt sammen. Syv, seks, fem, når du vågner, har du det meget bedre - det sagde de også sidste gang, og her ligger jeg igen. Fire, tre, to, slap helt af, vi skal nok passe godt på dig - tak for det. En, vi ses på den anden side - det håber jeg - måske - sov godt.

Heldigvis gik operationen godt, smerterne forsvandt. Gitte har aldrig spurgt, hvad de lavede med hendes krop denne gang. Hun forsøger at glædes over, at smerterne er væk. Det ER rart, trods alt, for de fyldte det hele, konstant.

Ja, sådan blev alting anderledes for Gitte den dag i juli, fra det ene øjeblik til det andet. Ud med den smarte GTI. Ind med en elektrisk kørestol. Ud med 0-100 på omkring syv sekunder. Gitte vidste det i samme sekund, hun ramte stenen. Ud med fartstriber og duften af benzin. Ind med et piskeris på 230 volt, der kører seks kilometer i timen på en god dag og ned ad bakke. Men det er lækkert luksuskvalitet og med kaptajn-sæde og det hele. Og måske kan man lære at leve uden en bil. Gitte gik ud som et lys og vågnede først tre døgn senere.

Hun havde haft det sjovt med sine veninder og de andre fyre på hotellet, som de mødte på ferien i Grækenland. De var begyndt at hænge ud sammen med fyrene og havde grint og hvinet og flirtet og blinket. Og badet og drukket øl, og der var uanede mængder pina colada'er til pigerne, og det smager kun godt i Grækenland, og på endnu en varm dag havde de klikket bikinioverdelene af hinanden for at smide dem langt ind mod land, ind på stenene, hvor de ikke lige kunne nå dem. Drengene kiggede i smug, nød de smukke kroppe. Senere kiggede de

helt åbenlyst, alt var lige meget, det var helt
fantastisk. Frihed.

Alt den nøgne hud opildnede drengene og de
begyndte at te sig som verdensherrer, store, stærke,
de forestillede sig, at de havde perfekt hud, store
biceps, var uimodståelige, som dem i reklamerne.
Lige den dag, lige der, i solen. De sprang i vandet fra
klipperne. De unge kvinder, også Gitte, nød synet af
de glinsende kroppe, der var blevet brune under
sydens sol og skød overkroppen fremefter, for at
brysterne skulle synes endnu fyldigere og lige til at
spise. Det var en fantastisk dag. Fuld af liv, glæde og
gåpåmod. Den dejlige frihed.

Gitte fik en ide. Hun ville også. Men det skulle ikke
bare være som de andre, hun ville gøre det lidt
anderledes, lidt mere iøjnefaldende. Men turde
hun? Ja, jo, Gitte tør. Nu.

Nej, Gitte tøver alligevel.

Det er for grænseoverskridende. Hun har aldrig
gjort sådan noget før. Omvendt har hun heller aldrig
været femogtyve før. Måske er det bare sådan her at
være femogtyve år. Gitte smiler. Livet er fandeme
fedt. Tænk, at være lige her, lige nu, høj af livet.

Gitte har besluttet sig.

Ja, hun tør. Hun tør godt.

Hun kigger rundt på de andre. De snakker sammen, to og to. To struttende bryster, varme og fri snakker med to smukke øjne hos en ung mand. Mundene bevæger sig også, men det er mindre vigtigt, det er bare fyld, tom lyd. Det er ikke det primære. Gitte kan tydeligt se drifterne hos de to, der sidder sammen på de varme sten derovre, energien bølger kraftigt mellem dem. Skal de mon sove i samme seng i aften?

Gitte kigger ud over klippen, ned i vandet. Dernede ligger Lars. Han flyder på ryggen, afslappet, med lukkede øjne. Gitte mærker et ryk i underlivet. Han er så lækker, ham vil hun gerne sove tæt på.

Jo, Gitte tør godt. Han ligger lige dernede, hun kan godt nå det.

Gitte krænger bikinitrusserne af og svinger dem over hovedet, mens hun udstøder et meget naturtro indianerhyl. Hun lyder kun lidt forvrænget, men hun kan ikke styre det, hun er tændt. Tanken om Lars.

Lars hører hende og åbner øjnene og misser mod solen. Hun smider bikinitrusserne i vandet, de lander tæt ved ham, godt kastet, Gitte, faktisk ret

godt kastet. Hun smiler. Lars smiler også op til
hende. Han kommer op at træde vande og vinker til
hende. Sender hende et luftkys.

Det eksploderer i Gittes hoved, et virvar af følelser,
drømme, lyster, tanker. Hormoner og elektriske
impulser farer rundt i Gittes krop. Hun mærker
varmen i sit skød. Tænk engang, hvis nu... Lige der,
nede i vandet. Åh.

Gitte tager et kort tilløb og springer ud over klippen.
Lige om lidt er hun i hans arme, og kysset er ikke
kun af luft.

Men hun glider på stenen i afsættet. Ikke meget,
bare lidt. Men nok. Og hun ved det. Og er pludselig
meget bevidst om sin nøgenhed. Hun forsøger med
al sin tankekraft at ændre retning i luften. Det tager
to sekunder at falde gennem luften og lande i
vandet, men det føles som en evighed. Gitte
spekulerer som en gal på, hvordan hun kan ændre
udfaldet af sin handling og sit fejltrin. Men der sker
intet.

For i løbet af de to sekunder bliver Gitte klar over, at
hun ikke vil lande i vandet. Hun kom skævt ud over
klippen og hendes fald bliver anderledes and de
andres har været. Pis.

Pis-pis-pis-pis. Pis! Hvad gør man, når man vil ændre historien med et fingerknips. Skrue tiden tilbage, bare tre sekunder. Måske bare to sekunder, kom nu, kom nu, det er ikke meget.

Gittes krop lander på stenene med et stort bump, selvom hun forsøger at tage fra. Det sidste, hun ser, er, at Lars svømmer over mod hende. I hans blik ser hun angst, forfærdelse, smerte. Så besvimer hun.

Så ud med forfængeligheden. De havde løftet hende nøgen op på båren og dækket hende med et tæppe. Lars havde sluppet hendes bikinitrusser og svømmede over til hende. Ud med venskaber. Ingen af hendes veninder fra rejsen havde besøgt hende, mens hun lå på hospitalet, så hun slettede dem alle fra sin telefon og sit hjerte. Slut med kærester. Slut med Lars, allerede inden det var begyndt. Lars, han er så lækker, men nu er han ude af hendes liv igen. Slut med alt det sjove. Bare slut.

Gitte bor nu i en toværelses lejlighed i Brønshøj sammen med alle de andre handicappede, udskud og sociale tilfælde, der kræver en beskyttet bolig. Hun hører ikke til her, hun er ikke som dem. Hun er ung, og de ser så gamle ud. Ikke lige sådan hun havde forestillet sig sit ungdomsliv, at ende herude i en fucking handi-ghetto.

Men hey, alt kan ske. Ingen kender dagen i morgen. Der kan endda ske mirakler, ikke? Gitte får en vild trang til at skraldgrine, når nogen taler om mirakler, for det er virkelig komisk at høre på. Og straks efter tænker hun, om folk ikke bare kan skride og lade hende være.

Gittes familie kommer på besøg en gang om ugen. Så har Gitte fundet den positive indstilling frem. Så viser hun dem, at hun har det fint, at hun er OK med livet i en elektrisk kørestol, at hun bare stadig er fyldt med livsglæde og gå-på-mod. At hun har planer. Hun fortæller dem om uddannelsesplaner, ønsker om at male billeder til væggene, ting hun vil se, steder hun vil besøge.

Når de tager hjem og Gitte har lukket døren, så falder hun sammen. Bogstaveligt talt. Hun sidder helt foroverbøjet i sin fine kørestol og hulker. Det må de ikke vide, det er hendes hemmelige miserable tilstand. Hun kan ikke såre sine forældre, så hellere spille komedie og foregive at have det fint, trods hendes tilstand.

Som om hun gider tage en uddannelse. Male billeder til at hænge på væggen. Gitte væmmes. Føj, hvor hun ikke gider. Hun gider ikke noget som helst. Lorteliv.

Gitte har svært ved at spise selv, hendes arme er
blevet svage og svære at styre, så måltider går
langsomt og domineres ikke af gode manerer. Gittes
glæder i livet forsvandt ved et trylleslag den dag i
Grækenland. Gittes planer strøg af sted til himmels.
Gittes gode humør fløj med. Gitte overlever dagene
ved at se frem til turene til Christiania. Hun fandt
ud af ved at tale med en af naboerne, at hendes
kørestol på en opladning lige kan klare at køre
derud og tilbage igen. Så en aften kørte hun af sted.

Gitte har aldrig før røget hash, hun har aldrig haft
ideer til at skaffe det, hun anede ikke hvordan.
Naboen fortalte hende hvordan. Så hun kom hjem
med et par gram hash og noget billig vodka. Der var
også lige plads til en kasse øl bag ved sædet. Så den
aften, efter hendes hjemmehjælper havde været på
besøg for at varme aftensmad, tog hun
mikromåltidet i skødet og bankede på hos naboen
for at lære at lave en joint. Det ved hendes familie
vist heller ikke noget om, hun er omhyggelig med at
lufte ud mange gange om dagen.

Det var en sjov aften med hendes første
hjemmerullede joint, selvom hun var lænket til sin
kørestol. For en stund glemte hun al elendigheden,
druknede den i røg og et par vodkasjusser og en bid
chicken tikka massala, lækre retter til en person, når

du er single OG sulten, står der på pakken. Fuck
dem.

Naboen var fin nok, sjov og tog let på livet, trods
hans egne problemer, psykiske diagnoser. Men han
var ikke farlig eller noget, han var skideskæg, og de
grinede det meste af natten. Tidligt om morgenen
sluttede de af med at fortære tre brændte toast hver.
Og så blev Gitte søvnig og rullede over i sin egen
lejlighed.

Næste dag bankede tømmermændene på, hårdt. Det
var ikke sjovt. Gitte græd midt i kvalmen, de sure
opstød og den dundrende hovedpine. Hun var nødt
til at lufte ud, få noget frisk luft ind i lejligheden.

Gitte smækkede vinduerne op på vid gab. Nød
kulden, rystelserne gennem kroppen, suset fra
vinden udenfor.

BONK. En fugl ramte ruden og faldt ned på gulvet
inde i soveværelset. Gitte kiggede på fuglen. Den
kravlede lidt rundt, forsøgte at flyve. Men der var
noget med den ene vinge. Skadet, brækket. Gitte
rækker ud efter den, men kan ikke nå. Et kort
øjeblik glemte hun faktisk, at hun sidder i kørestol.

Hm. Hvad skal hun så gøre? Fuglen skal ud. Hun
kører ud i køkkenet for at hente fejebakken og

kosten. Hun har sådan en fejebakke med ekstra langt skaft, så hun kan sidde i kørestolen, mageligt, tilbagelænet, og feje ting op, som hun taber under måltidet.

Hun skovler fuglen op og hæver fejebakken op som en ketsjer for at slynge den ud ad vinduet. Men øjnene, de kigger lige på hende. Fuglen får fremstammet et lille pip.

Gitte kigger. Beder den hende om hjælp? Hende, som ikke er i stand til at hjælpe nogen længere, men kun kan modtage hjælp. Fuglen insisterer. Pip. Gitte vakler. Fejebakken vipper, fuglen er lige ved at falde af. Det er vist en solsort.

Gitte vipper fuglen af på bordet ved sengen og kører ud og henter førstehjælpskassen, mens hun ruller med øjnene af sig selv. Mage til blødsødenhed. Hun har for længst lært at ignorere sit hjertes kalden. Kan ikke overskue alle de følelser, der kan være i hovedet på en i hendes situation.

Hun savner Lars, savner det, det kunne været blevet til, om ikke andet, så bare for en sommer. Hun savner glæde, lyst, at nyde solskinsvejret, livet, at leve livet. Det er så fjernt. Hun sidder bare her og spiller komedie for familien. Røvkedeligt.

Familien aner ikke noget om Lars, hun har ikke sagt noget. Men han var noget særligt i hendes øjne. De snakkede så godt sammen. Med ham kunne hun slappe af, selvom de kun havde kendt hinanden i en uge. Hun tør ikke drømme om Lars, tænke på ham, forestille sig et andet liv. For det bliver ikke anderledes.

Og nu er der en lille, latterlig fugl, der med sit gråsorte næb prikker til hendes omsorgsgen. For helvede da også.

Hun prøver forsigtigt begge vinger af, om de er brækkede. Hvordan undersøger man en fugl? Gitte har ingen erfaring med fugle, heller ikke med fugle.

Den ene vinge er nok forstuvet, ikke brækket, gætter Gitte på. Det knaser ikke, når hun forsigtigt retter den ud, men fuglen vægrer sig alligevel, når hun bevæger vingen. Men den bliver liggende.

Gitte henter en papkasse og forer den med aviser og en bamse. En bamse? Come on, Gitte! Men den er blød, derfor.

Så hælder hun vand i en flad skål og drysser forskellige kerner på bunden af kassen. Det er til fuglen, så den kan komme sig. Det tager lang tid, mange ture mellem soveværelset og køkken. Hun

sætter kassen på bordet og venter. Fuglen slæber
selv sin krop derind. Kan fugle dufte eller se det
mad, som de skal spise? Gitte aner virkelig intet om
fugle. Men i hvert fald er fuglen i kassen, måske er
det et trygt sted. Den sidder derinde og trykker sig
op i hjørnet, om bag bamsen.

Gitte kører væk fra bordet igen. Sådan, nu kan den
komme sig der uden at blive ædt af en kat. Hun
lader vinduet stå åbent. Hvis den på magisk vis
bliver frisk og beslutter sig for at forsvinde igen.
Gitte håber, at den er væk igen hurtigt. Hun har
ingen anelse om, hvad hun skal gøre, hvis den bliver
her.

Da hun efter en mellemmad ved køkkenbord kører
ind i soveværelset igen, sidder der en rotte på
gulvet. Gitte skriger. Nu lukker hun altså vinduet. Så
må fuglen købe billet til at blive lukket ud.

Hvad sker der? Hvorfor er der i dag kommet to
klamme dyr ind på hendes værelse. Hun ser på
rotten. Den bløder fra halen og har løftet det ene
forben. Den er også kommet til skade. Gitte sukker.
Det er ved at tage form som en skadestue for
skadedyr.

Gitte forsøgte at finde et billede af fuglen for at
kende navnet på arten. Hun kom frem til, at det er

en allike. Altså en slags skadedyr, der larmer. Solsorte er mindre. Rotten kan hun kende, stensikkert også et skadedyr.

Fuglen er hoppet ud af kassen og sidder og kigger på rotten - og så på Gitte. Gitte kigger på rotten. Rotter er så klamme og beskidte og bvadr. Gitte sukker og overgiver sig og gør en ny papkasse klar og tager spritten med ind samt sin gamle tandbørste med en klat tandpasta på, den skal alligevel skiftes nu. Godt, hun for nylig har bestilt tøj og en taske på nettet hos et firma, der altid pakker i store papkasser, hvad skal hun ellers bruge alle de minutter til hver dag? Ellers havde hun ikke haft nogen papkasser til dyrene nu.

Hun kunne også bare sætte dyrene ud foran vinduet, og så må de selv finde ud af det.

Men nej, det virker på en eller anden måde ikke helt rigtigt, nu de to dyr faktisk er kommet til hende.

På med engangshandskerne.

Rotten sidder stille og finder sig i det, som Gitte foretager sig: Rense, vaske, undersøge halen og forbenet. De er hårdføre, de pokkers rotter, og kan klare det meste, sådan nogle møgbeskidte kræ.

Gitte sprayer rotten med sprit og tørrer dens pels af.
Så tager hun tandbørsten frem og viser tænder til
rotten. Den viser også tænder, føj, hvor er de slidte
og gule og beskidte. Gitte holder forsigtigt fast i
rottens hoved og børster fortænderne på den. Den
sidder helt stille og finder sig i det. Bagefter giver
hun den et lille stykke sæbe at spise, så den kan
være ren både indvendig og udvendig. Den gnasker
det gladeligt. Og så får den fred.

Gitte lægger et stykke ost og et stykke pølse ind i
kassen ved siden af skålen med vand. Værsågod.

Gitte kører ud i køkkenet og går i stå derude. Hun
sidder længe og bare stirrer ud i luften foran sig. Det
sker tit, det er en tilbagevendende begivenhed, hver
dag, sådan er livet i en kørestol, men sidder bare der
og glor. Men i dag er det anderledes. Hun har en sær
følelse i maven, en underlig form for opstemthed.
Der er sket noget i hendes liv, den daglige
trummerum blev brudt af to dyr, der på en eller
anden måde kom ind ad hendes vindue.

Hun kører ind i soveværelset igen.

Gitte kigger til dyrene. De sover inde i hver deres
kasse. De er åbenbart trygge nok til at sove her, lige
ved siden af hinanden og ved siden af hende.
Mystisk.

Gitte beslutter sig for også at gå i seng, nu, med det samme. Hun gider ikke denne dag mere. Utålmodig, må søvnen komme til hende med det samme, helt af sig selv, uden besvær og sovepiller, tak.

Gitte lægger sig under dynen og lytter til stilheden. Men ikke helt, for man kan faktisk lige ane lydene fra de to dyr, der trækker vejret inde i deres kasser. De trækker vejret hurtigt, de små. Hun tæller deres korte åndedrag, lytter til deres liv lige nu.

Sådan ligger hun længe. Der går da i hvert fald en halv time, før det går op for hende, at hun ligger og smiler.

Hun krænger det af sig med det samme, snerper munden sammen. Hvad skal det til for? Livet er en lort, en stor en.

Men så lytter hun, hun kan ikke lade være. Det er dejligt med solsortens tilstedeværelse i rummet. Ja, selv rotten må gerne være her.

Hun drejer nakken lidt fra side til side, roterer skuldrene bagud et par gange, svært, når man ligger ned og i øvrigt har brækket ryggen. Hun lytter og accepterer, at smilet finder vej til hendes ansigt igen.

Måske. Måske er der alligevel noget, hun kan gøre med sit liv. Måske skal hun bare... prøve...

Gitte beslutter, at i morgen vil hun kontakte nogle dyrlæger og høre, hvordan man kan blive en, der hjælper dyr, der er kommet til skade. Måske kan hun blive en af dem en dag?

Måske...

2. Service

Jeg er hundesulten, jeg skal bare have noget mad
nu. Der er tre timers kørsel yderligere, til jeg er
hjemme igen. Jeg er nødt til at lave et pitstop nu.
Hvor er den næste McDrive? Bare noget hurtig mad,
og så videre ud på motorvejen.

Jeg behøver ikke engang kigge på menukortet, jeg
ved, hvad jeg skal have fra McD. McFeast,
selvfølgelig, med det hele, hvilket trods alt ikke er
ret meget. Jeg er klar til at bestille. Men der er kø.
Pis. Kan folk ikke bare se at beslutte sig og få bestilt,
så os sultne kan komme til?

"Hej, velkommen til McDonalds, jeg hedder Signe,
og jeg er klar til at tage imod din ordre..."

Endelig. Jeg er seriøst sulten nu, bare tanken om
mad får min mave til at knurre endnu mere. Er en
McFeast menu nok?

"... Jeg lider i øvrigt af angst og depression. Det har
jeg gjort i lidt over et år. Men jeg kan godt arbejde
lidt, så jeg arbejder her et par aftener om ugen.
Hvad ønsker du at bestille?"

What the fuck?! Hvad sker der? Jeg vil bare have
noget mad, jeg gider da ikke høre om andre

menneskers problemer, når jeg bare vil have noget
mad i en fart.

"Øh, jeg skal bare bede om en McFeast, som menu,
stor, tak."

"Jeps, det er modtaget, en stor menu McFeast.
Hvilken sodavand ønsker du?"

"Det må gerne være danskvand."

"All right. Ønsker du ketchup til dine pommes
frites?"

"Nej tak, men hvis du har noget salatmayonnaise, så
vil jeg gerne have sådan en pose med."

"Det får du. Ellers andet?"

"Nej, jeg håber, det går hurtigt med at lave det, jeg
er sulten som en ulv."

"Hehe, sjov talemåde, egentlig. En ting mere: vil du
overveje at få maden serveret i vores restaurant..."

"Nej, jeg skal bare hurtigt videre, jeg skal hjem til
familien..."

"Ja, men hvis du spiser i vores restaurant, så får du
muligheden for at gøre en god gerning. Ser du, jeg
lider af social angst, og jeg vil gerne øve mig på at
tale med mennesker. McDonald's er det perfekte

sted, for folk spiser hurtigt, for de skal videre i en fart, så jeg skal ikke sidde og øve mig i at være sammen med mennesker i lang tid. Hvad siger du?"

"Men hvad skulle vi dog snakke om?"

"Jeg har en liste i hovedet med emner, der er nemme at snakke om, så det ikke bliver mærkeligt."

"... men jeg vil bare gerne have min mad, er de ved at lave min mad? Er det derfor, at det tager så lang tid at få bestilt? Fordi du skal snakke så meget?"

"Ja, en lille smule. Men det tager bare et kvarter, så kan du køre videre. Det er også farligt at køre og spise samtidig. Kør bil, når du kører, du ved."

"Ja ja. Jeg ved det godt."

"Siger du så ja?"

"Hvorfor sagde de andre nej?"

"Det ved jeg ikke. Måske var de alligevel mere generte, end jeg er? Er du genert?"

"Næh, egentlig ikke. Okay så, et kvarter. Hvor skal jeg gå hen?"

Jamen, hvis du bare parkerer bilen, så kom ind og hent maden. Du har afhentningsnummer P138."

"Okay, tak, jeg er der om et øjeblik."

"Fantastisk. Tusind tak, det betyder meget for mig, selvom jeg kan mærke, at jeg bliver nervøs. Men tak, altså."

"Så lidt, ja, vi ses om et øjeblik."

"Jeps."

"Hej, jeg har nummer P138."

"Super, jeg henter din bakke og Isabella."

"Okay, jeg venter her."

"Jeps."

"Jeps mig her og jeps mig der."

"Hej P138. Jeg er Isabella. Kom, lad os finde et sted at sidde. Må jeg vælge?"

"Ja da, endelig."

Okay, lad os gå ovenpå. Der er mere ro."

Anton går efter Isabella op ad trappen, mens han spekulerer på, hvorfor han sagde ja, og hvor er det hele bare underligt.

"Her kan vi sidde."

"Jeg er så sulten. jeg hedder for resten Anton."

"Hej Anton. Du skal vide, at jeg er virkelig nervøs. Kan du ikke høre, at jeg er helt tør i munden?"

"Næh, egentlig ikke. Du skulle da have taget noget at drikke med herop."

"Nå ja, du har ret. Det vil jeg huske til næste gang."

"Nå men Anton... Hvad arbejder du så med? Hvad er du på vej hjem fra?"

"Mm, jeg skal lige tygge af munden..."

"Ja ja, fint nok."

"Jeg er virkelig sulten. Jeg har kørt nonstop siden Aalborg."

"Wow, det er et langt stræk. Jeg forstår godt, at du er sulten."

" Men jeg arbejder så med træ. Jeg er snedker. Jeg har været på en udstilling hele weekenden. Det handlede om at anvende træ på nye måder, med nye maskiner."

"Ej, det lyder da helt vildt spændende. Jeg elsker lugten af frisk træ. Det er bare den bedste lugt efter nyslået græs og regn om sommeren."

"Ja, det har du nok ret i. Jeg blev nok også snedker, fordi jeg elsker duften af træ. Og så prøvede jeg det og fandt ud af, at det kan jeg godt finde ud af."

"Fedt. Hvad har du bygget?"

"Alt muligt. Min svendeprøve var en seng til min førstefødte, hvor sengen kunne blive længere, som han voksede."

"Årh, hvor cool. Man skal da lige tænke sig om for at kunne regne den ud, hva'. Og så bygge den bagefter. Wow."

Ja, den blev ret fin. Vi har den endnu. Den er blot lavet om til en slags sofa, efter at vores pige også brugte den."

"Smart. Genbrug er smart."

"Ja."

"Men hvad lærte du så her i weekenden? Noget godt, som du kan bruge? Er du selvstændig?"

"Ja, jeg er selvstændig. Jeg synes ikke, at det var så relevant for mig. Jeg har en bestemt måde at arbejde med træet på, og det giver ikke helt mening med genbrugstræ. Med genbrugstræ kan man ofte kun lave mindre ting, fordi der er dele, der skal skæres fra. Altså hvis træet er beskadiget af fx fugt.

Men måske får jeg ideer til mindre projekter, hvor genbrugstræ giver mening. Jeg vil ikke afvise det."

"Det er da spændende, synes jeg. At man kan få ideer og så bare følge dem. Det kunne jeg godt tænke mig at kunne. Det kan man ligesom ikke her, haha."

"Næh. Men du er jo ung. Det i sig selv er jo en kæmpe mulighed for at komme ud og prøve alt muligt af. Hvad kunne du godt tænke dig?"

"Det ved jeg ikke. Alt det er pakket væk bag ved angsten og depressionen. Jeg havde det virkelig skidt."

"Men du har det bedre nu? Du virker altså også mere afslappet nu, end da vi lige havde sat os, hvis jeg må være så fri."

"Ja, det går meget bedre nu. Også i dag, mens vi to snakker. Det er behageligt at snakke med dig. Nemt."

"Tak."

"Jeg ved ikke, hvad jeg ønsker mig eller drømmer om. Der har ikke rigtig været så meget overskud i mit liv, synes jeg, til at drømme."

"Men hver dag er en ny mulighed for at drømme og forandre, ikke?"

"Joeh, måske."

"Det tror jeg. Hver dag er anderledes end i går. Hver dag er nye muligheder. Måske små, måske store ting."

"Det lyder nemt, når du siger det. Bare sådan, bum. Men jeg ved ikke..."

"Det er da også helt okay ikke at vide. Men så længe man er åben overfor, at ting kan være anderledes i dag end i går, så er man allerede kommet langt. Og så kan man jo selv skubbe lidt bag på. Eller få andre til det."

"Hmm, ja, jo, måske. Det virker lidt uoverskueligt."

"Bestemt. Men det må ikke stoppe dig. Der er altid et lille skridt at tage, selvom man er på vej mod noget stort, en stor forandring."

"Wow, du er klog, mand!"

"Hehe, tak. Jeg har bare levet i længere tid end dig, tror jeg."

"Narh, jeg har aldrig hørt nogen sige det, som du siger. Måske jeg skulle skrive det ned?"

"Nej, lad være. Det, som du husker, er det, du skal huske fra vores snak. Det er der, hvor du er nået til lige nu. Og det er helt okay."

”Tak, du er virkelig god. Jeg føler mig helt vildt godt tilpas nu. Jeg har faktisk lidt... øhm... håb på en eller anden måde.”

”Godt. Hold fast i det. Mærk, hvor det sidder i kroppen. Så du kan finde det igen i morgen.”

”Wow, du er altså klog, mand. Helt vildt.”

”Det tror jeg faktisk ikke. Men jeg ved noget, sådan helt sikkert...”

”Hvad...?”

”At alle mennesker gør deres bedste. Og at forandringer altid er muligt. Det kan godt være, at livet har været lort indtil nu, men vi er hver især selv ansvarlige for at få det bedste ud af det. Uanset hvad vi har oplevet. Det lyder måske virkelig unfair. Det er det på en måde også. Men der er intet andet at gøre end selv at tage ansvar for i dag og i morgen. Uanset hvad der skete i går og i forgårs.”

”Du har ret. Du har bare så meget ret.”

”Tak. Det er min måde at være i verden på.”

”Kan jeg komme i praktik i din virksomhed? Jeg tror, at det vil være sundt for mig at være omkring dig og lære noget andet om livet, end jeg har lært indtil nu.”

"Øh, det ved jeg ikke lige. Der er jo bare mig..."

"Ja, ja, men jeg er hurtig til at lære, og jeg er venlig."

"Ja, det er du."

"Måske...?"

"Måske. Du kan få mit kort, der står min email. Sov på det. Jeg har jo virksomhed på Sjælland og ikke her på Fyn."

"Pyt. Der findes nok en løsning."

"Det gør der helt sikkert. Sikke et fint udsagn, fuld af muligheder og håb."

"Haha, ja, du har ret. Jeg kan se muligheder. Wow, det kan jeg faktisk. Og håbe og satse lidt. Wow. Jeg er overrasket over mig selv."

"Det virker til, at du har forandret noget i dag."

"Ja, i den grad. Wow. Jeg kan ikke lade være med at smile."

"Det forstår jeg godt, det er en fed fornemmelse, ikk'?"

"Jo, manner, virkelig fed. Mere af det, tak."

”Det kommer. Skynd dig langsomt. Det skal nok komme. Du er jo allerede nået hertil. Og livet er langt endnu.”

”Ja.”

”Jeg tror på dig, uanset om vi snakkes ved igen eller ej.”

”Tak skal du have. Det betyder faktisk meget for mig.”

”Jeg synes faktisk, at det har været en meget behagelig samtale med dig, Isabella. Den har også gjort mig godt. Tak.”

”Selv tak. Jeg har også nydt det. Jeg er ret sikker på, at jeg skriver til dig. Selvom jeg sikkert er bange i morgen, når jeg vågner, for at i går kun var en drøm.”

”Men hvis du tænker det, skal du da helt sikkert skrive. Det gælder om at få vished for, at forandringen er i gang, ikke?”

”Jo. Tak, Anton.”

”Selv tak, Isabella. Nå, jeg må også videre nu. Hjem til familien.”

”Selvfølgelig. Kør forsigtigt og pas godt på dig selv.”

"Tak og rigtig meget i lige måde. Du fortjener at
have det godt. Tak for i dag. Vi ses måske."

"Ja, måske."

3. Ærligt

Ærlighed, dette ord vil følge dig hele dit liv! Ærlighed er det, du står for. Du er også ambitiøs. Du ønsker at andre vil gå efter stjernerne. Du ved, hvad du drømmer om at opnå i dit liv, og du forfølger det. Andre inspireres af dig, hvilket gør dig til et unikt forbillede.

Forbillede. *What a joke!*

Hun tog denne fjollede test på facebook, mens hun forsøger at åbne øjnene til en ny dag, om hvilket ord, der var hendes livs ord. I et underligt søvndrukkent øjeblik, hvor der opstod en form for kådhed og løssluppenhed – på facebook, haha - og … måske endda håb, fordi hun ikke var helt vågen og på vagt endnu.

De tests er SÅ fjollede. Og alligevel meget sjove nu og da. Og sikkert fyldt med virus og små botter, der aflæser alt, hvad jeg laver, på telefonen og sender det til hemmelige mennesker i Indien eller Ukraine. Måske. Måske er der endda noget sandt i ordene. Gid, at der er. Denne gang. Hvad det så vil betyde, hvis der rent faktisk er.

Mia ligger i sin seng med dynen trukket op under hagen. Hun har så lidt som muligt af sine arme, som holder telefonen, udenfor dynen. Det er koldt i november.

Gid, jeg kunne være et forbillede for nogen.

Det håber hun altid. Tænk, hvis hendes liv kunne være så meget anderledes, end det er nu. Bedre, på en eller anden måde.

Det er jo slet ikke sandt, tænker Mia, mens hun scroller videre på facebook, jeg ved overhovedet ikke, hvad jeg vil, og hvis jeg har fat i en snert af noget, går jeg ikke efter det. Selvklart. Jeg er ikke ambitiøs. For jeg tør ikke.

Det eneste rigtige er, at jeg virkelig gerne VIL inspirere og motivere andre til at gå efter stjernerne. Men lige det, det gør jeg ikke engang selv. Det kan jeg ikke. Jeg kan ikke engang motivere mig selv til noget som helst. Jeg er et elendigt forbillede. Gør IKKE som mig. Elendigt forbillede, forfærdeligt, grimt, dumt, alt det dårlige. Men det er måske også en slags forbillede, et skræmmebillede.

Mia græder lidt. Det er fucking synd for hende. Piv. Det er godt, at hun har taget en hjemmearbejdsdag i dag. Hun har ikke lyst til at sidde og græde på arbejdspladsen. Vil egentlig helst bare forsvinde fra det hele. Hun kan ikke engang finde ud af at tage sig sammen til at tage på arbejde. Hvis hun er heldig, får hun arbejdet et par timer i eftermiddag, men ikke mere. Hjemmeomsorgsdag skulle være en ting, noget man kunne vælge at tage.

Løsningen? Mia kan ikke finde den, ikke nogen af de steder, hun har ledt. Lede, lede, lede uden at finde. Ledestjerne? Lede sæk.

Men man skal omtale sig selv pænt, ikke? Det står selv i bladene. Kvindeblade. Mia fnyser. Hun hader kvindeblade. De er bare lavet til at holde kvinder nede, holde dem optaget af alt muligt irrelevant i verden, til at forstyrre. Så de ikke sætter sig ned og tænker sig lidt om og finder ud af, at det hele er noget forbandet pis.

Pis, pis, pis. Alt er noget pis. Hvad er meningen med det hele? Der sker ikke en skid. Hun iagttager de andre på arbejdet de dage, hvor hun rent faktisk sidder på sin plads. De er optaget af arbejdet, holder af det, hygger sig, smalltalker, gør sig umage, den slags ting, som samfundet holder af. Ret ind og gør, som der bliver sagt.

Mia gider ikke. Hun gør, hvad hun skal, med den mindst mulige indsats. Hvis der var et gærde, ville hun knap kunne kravle over, for hun gider simpelthen ikke. Det giver ingen mening.

Hun er ligeglad med sine kolleger. De siger hende ikke en skid. Hun er ikke optaget af det, de er optaget af. Det er så latterligt banalt. Kedeligt.

Hvordan finder man et job, en hverdag, et liv, der giver mening. Hvor leder man? Skal man leve livet for sin egen skyld. Det er også kedeligt. Hvis der ikke er andre. Hvad gør man så?

Mia kan mærke tårerne presse sig på igen. Hvilket ikke giver nogen mening. Men det er faktisk fucking hårdt at være ligeglad med det hele og synes, at alting er kedeligt og latterligt. Men hvad gør man ved det? Livet er jo langt endnu, omkring 60-75 år.

Oh crap. Mia kan på ingen måde overskue at have det sådan her så mange år endnu. Nok må være nok. Fem år er mere end rigeligt.

Men hvordan skaber man forandring med et fingerknips.

Mia knipser med fingrene og lytter. Der sker ingenting. Selvfølgelig ikke. Dumt.

Måske er der noget om det med ærligheden. Måske skal hun bare prøve at være ærlig. Simpelthen. I stedet for at spille komedie hver dag og forsøge at ligne alle andre. Se, hvad der så sker. Ingenting andet end mere kedsomhed. Har hun noget at miste?

Mia sætter fødderne på gulvet. Skærer ansigt. Fodkoldt er en underdrivelse i hendes lejlighed. De kunne også godt sætte noget mere varme på nedenunder, så det kunne sive op til hende. Fødderne leder efter klipklapperne. Der. Hun rejser sig op, gaber og tøffer ud i køkkenet.

Som en robot gør hun de bevægelser, som hun plejer. Men pludselig stopper hun op midt i at være i gang med at tage brød ud af køleskabet.

Omvendtsdag. Det er sådan en dag, det skal være i dag. Det havde hun med sine forældre, da hun var barn. Omvendtsdag. Alting byttede rundt, selv rollerne, så hun fik lov at være den voksne for en dag. Hun var bedre til at være voksen dengang, end hun er i dag. Pinligt.

Men altså, omvendtsdag. Så alting skal være omvendt. HVOR omvendt kan hun rent faktisk gøre ting. Og vil der komme et eller andet ud af det. Underholdningsværdien er der i hvert fald et sted. Det er værd at prøve, måske kunne hun finde på at smile lidt.

Mia står lidt og tænker over, hvad hun plejer at slutte dagen med. En øl, som regel. Okay. Mia åbner køleskabet igen og fisker en IPA ud fra flaskehylden. Den sidste.

Hun ser på klokken. Kvart over otte. Lidt tidligt til
en øl, som ikke er en reparationsbajer, men okay,
lad os bare prøve, hepper hun på sig selv.

Hun tager den første tår. Føj, det er ikke godt. Hun
åbner skabet for at lede efter chips, der kan hjælpe
øllen på vej.

Det er bedre med chips. Trods alt. Hun sidder i
stilhed og koncentrerer sig om at indtage al flaskens
indhold. Det er ikke nemt.

Hun griber telefonen, det er en vane at have den i
hånden næsten hele tiden. Som at give børn en bold,
når de er ved at lære at gå. Falsk tryghed. Snyd og
bedrag. Men det virker.

Mia føler sig som en, der ikke har lært at gå selv
endnu. Hun lægger telefonen ind i skabet. Om bag
posen med havregryn. Hun tager et stykke papir fra
en blok på bordet og skriver ned, hvad hun skal
huske at gøre omvendt:

Ikke se mig i spejlet
Ikke børste tænder
Spise aftensmad til morgenmad kl. 9 – i stuen
Ikke bruge toiletpapir
Spise havregryn til aftensmad og drikke kaffe
Nul make-up
Ringe til far
Ringe til Stefan

Hun kigger rundt i lejligheden, men intet af det, hun ser, får hende til at tilføje mere til listen. Nå, det kan hun gøre senere. Hun skriver dog allernederst: husk at være ærlig hele dagen.

Mia klør sig i håret. Gad vide, om hun overhovedet er klar over, hvor meget hun lyver, både overfor sig selv og andre?

Okay, jeg tager fat i det første, jeg har løjet om i dag, tænker Mia, mens hun finder rester i køleskabet, så hun kan spise det til omvendt aftensmad, ribeye med tyk sovs og ristede kartofler, om et kvarters tid. Hun ryster på skuldrene, det er det med arbejdet, hun kommer først i tanke om. Hvad gør hun med det? Hun løj om hjemmearbejdsdagen, men hun har ikke tænkt sig at gøre noget ved det. Eller har hun?

Mia tager en dyb indånding og tager telefonen ud af skabet. Ringer op til Lasse, hendes chef, mens hun holder vejret.

”Det er Lasse, hej igen, Mia.”

”Hej Lasse… jeg ringer, fordi… jeg vil bare sige… okay, jeg har besluttet at være helt ærlig…”

”Ja..?”

”Jeg synes, arbejdet er røvsygt, faktisk.”

”Ja så..?”

” Og ehm… så jeg arbejder ikke hjemme i dag. Jo lidt måske, lidt senere. Jeg holder fri, for… jeg er ikke helt på toppen, men heller ikke sådan syg. Bare træk mig i løn. Men jeg… altså… Det er nødt til at være sådan, at jeg ikke kommer… altså, hmmm, okay, fuck det, jeg siger op…”

”Aha, bare sådan uden videre, fordi du har en lidt dårlig dag?”

”Ja, fordi… fordi arbejdet keder mig ad helvedes til, virkelig. Jeg kan slet ikke forstå, at I andre kan holde det ud og ligner nogen, der synes, det er sjovt.”

”Hmmm.”

”Så jeg siger op, altså.”

”Okay. Det er jeg ked af, for når du rent faktisk er her, er til sted og bare arbejder, så gør du det faktisk virkelig godt, Mia.”

”Hvad?”

”Ja, du er dygtig til det, du laver.”

”Nå. Men det keder mig simpelthen så meget.”

”Det er ærgerligt. Men fair nok. Du er ung. Du bør forfølge dine drømme.”

Okay..? Du bliver slet ikke sur eller noget? Tak. Jeg… jeg kommer i morgen.”

”Fint, Mia, vi ses i morgen så.”

Mia sidder og stirrer på telefonen. Lasse blev ikke sur. Mystisk. Måske vidste han det med, at hun keder sig, måske kan han se det. Pis. Men han var en skidegod chef lige der, indrømmet.

Og det med drømmene. Hvad snakker han om? Hvilke drømme skulle hun så forfølge, hvis hun faktisk ønskede at gøre det? Har hun drømme?

Mia kniber øjnene sammen og forsøger at komme i tanke om en drøm, hun har et sted derinde.

Der sker ikke rigtig noget. Engang ville hun være dyrlæge. Eller dyrepasser. Eller noget, hvor hun var udenfor.

Mia tager tallerkenen med mad ud af mikroen og sætter sig ind i stuen. Der ligger også en blok. Hun skriver ned, mens hun putter mad i munden, hvad hun måske kunne forsøge at drømme om.

Dyrlæge (for sent at komme i gang, når man er midt i tyverne), dyrepasser (måske realistisk), sådan en, der passer på en skov (findes det job mere?), gartneri (kører de bare rundt i en truck hele dagen?), dyrehandel (er det i virkeligheden vildt

synd for dyrene?), biavler (er det overhovedet
klimavenligt?), hundelufter (det er bare at gå i gang,
kræver ingen uddannelse), guide på vandreture (og
jeg har aldrig været på vandreferie selv, fedt),
landmand (nej, vel?), hestepasser i Montana (lyder
som en drøm, faktisk).

Mia kigger på listen. Det er jo sindssygt, det hele.
Hun krøller den sammen og lægger den på sin
tomme tallerken. Det går ikke. Det virker bare
dumt.

Mia læner sig tilbage og stirrer ud i luften. Så læner
hun sig frem og streger ud på listen for
omvendtsdagen, hun har spist aftensmad til
morgenmad. Hun bør ringe til Stefan. Få det
overstået.

Hun griber telefonen for at finde ham i listen. Men
inden hun når at gøre noget bevidst, har hun googlet
'Montana farm work horses'.

Og frem kommer der flere links med mulige farme
at bo på, hvis man vil deltage i det daglige arbejde
med hestene.

Mia måber. Gjorde hun lige det? Det ser fedt ud, det
må hun indrømme. Men... hun skulle jo være noget
med tal, og hun har jo slet ikke modet til bare at
rejse til staterne, vel?

Mia skyder tanken fra sig. Nej, det duer ikke, det er ikke hende, det går ikke. Det er farligt og alt muligt. Det er for sent, det går ikke. Det er high school girls, der gør sådan noget.

Men hun læser alligevel lidt videre. For helt ærligt, så ville hun jo engang arbejde med heste, og hun har som barn læst alle hesteblade, der findes, og hun stopper altid, hvis hun på en gåtur kommer forbi en fold med heste.

Så... måske hun bare skulle tage og forfølge en drøm. Bare en eller anden drøm. Er det overhovedet en drøm? Mia mærker efter. Tanken om at være i Montana på en farm fyldt med heste, heste fra morgen til aften, gør hende glad. Hun smiler. Det er længe siden sidst.

Det ER en drøm, hun kan lige så godt indrømme det. Det ville i hvert fald gøre hende glad, hvis hun som minimum gjorde, hvad hun kunne, for at drømmen kunne gå i opfyldelse. Det er helt ærligt.

Pludselig gider hun ikke lige ringe til Stefan alligevel. Og omvendtsdagssedlen er ikke så vigtig længere.

Mia googler flybilletter og tjekker saldoen på sin opsparing. Det ER hestene i Montana, der er drømmen. Og hun vil forfølge den. Det vil hun, ærligt.

4. Løftet hånd

Jeg løftede langsomt hånden op, rakte min arm ud efter hende. Hun lignede en, der kunne bruge et knus. Men hun dukkede sig lynhurtigt, hun undveg, med blikket fokuseret på mig, på vagt. Dukkede hun sig for et slag? Det var min første tanke.

Men jeg havde aldrig en intention om at slå hende, jeg var ikke efter hende, aldrig nogensinde. Hvorfor skulle jeg have lyst til eller behov for det? Hvorfor skulle jeg tilbyde hende min hjælp for derefter at komme efter hende på sådan en voldsom måde?

Jeg ville tværtimod bare hjælpe og støtte, lægge en arm om hende, give hende et blidt klem. Fordi jeg var på vej rundt i skolegården for at finde min datter, og så så jeg hende pigen stå ved muren med armene løftet over hovedet.

"Hej du? Pige med en blå bluse. Hey. Er du okay? Kan jeg hjælpe med noget? Hvorfor står du der alene?

Pigen vendte sig langsomt om og kiggede nøje på mig. Så begyndte tårerne at trille ned ad hendes kinder.

"Åh kæreste du. Jeg ville jo ikke gøre dig ked af det, bare hjælpe dig. Undskyld, hvis jeg forstyrrer!"

Men egentlig var det jo ikke mig, der gjorde hende ked af det, jeg udløste det bare ved min venlige henvendelse. Det er en forstyrrelse, men hun lignede en pige, der havde brug for en voksen.

”Du? Vil du fortælle mig, hvad der er sket? Jeg siger det ikke til nogen, hvis du ikke vil have det.”

Ifølge pigen skubbede de to klassekammerater hende ud af den leg, som hun var optaget af sammen med nogle andre piger, og de overtog legen og gjorde det til deres. Ikke hendes eksakte ord, men hun var forbløffende god til at beskrive det. Det, som var sket lige inden, jeg så hende stå og græde ved muren.

Det gør de piger i øvrigt tit, beretter pigen, de forsøger at ødelægge eller overtage andres leg, og nogle gange slår de og sparker. Og det er altid, når gårdvagten er omme på den anden side, så der ikke er nogen voksne til at hjælpe.

”Okay, det lyder voldsomt. Jeg er altså ikke sådan en, der slår andre mennesker. Jeg vil bare gerne hjælpe eller trøste dig, for du er så ked af det. Må jeg hjælpe dig? Har du brug for noget?”

Hun kiggede blot tavs på mig. Ordene var brugt op, og tristheden fyldte i hende. Hun var på vagt, efter at jeg havde forsøgt at lægge armen om hende.

"Du er jo en fremmed."

Hun gjorde mine til at flytte sig væk fra mig. Okay, jeg er en fremmed, det forstår jeg, jeg har aldrig set pigen på skolen før.

Jeg træder et skridt tilbage og sætter mig på hug for at virke mindre truende.

"Ja, jeg er en fremmed, du har ret. Jeg holder lidt afstand. Er du okay?"

Hun ryster på hovedet.

"Har du brug for et kram? Hvordan kan jeg hjælpe dig? Jeg hedder for resten Dorthea, og jeg er mor til Asta, som går i sjette klasse."

Hun ser bare trist ud. Helt igennem trist, men hun er stadig på vagt overfor mig.

"Kom", siger hun og vender sig om og går af sted i retning af boldbanerne.

"Jeg går med dig, jeg skal nok holde afstand. Jeg gør dig ikke noget."

Som hun går der foran mig, på en eller anden måde sikker på, at jeg vil blive ved med at følge efter hende, indtil vi finder dem, hun leder efter, er hun så lille og sårbar. Okay, jeg ved godt, at hun er lille, for hun er et barn på otte år, og jeg er voksen, langt over de 30 år, men hun syner mindre. Hun er lille af sin alder, eller også skrumper hun en lille smule for øjnene af mig, som hun går der, indhyllet i en eller anden trist stemning.

Ensomhed gør mennesker mindre. Har du lagt mærke til det? Glæde og samhørighed får dem til at vokse og virke større. Så bliver de overbevist om, at de gerne må være her, at de gerne må optage plads i verden, fylde noget. Pigen her fylder ikke ret meget.

Det er det, der gør, at jeg får lyst til at ae hende over håret og give hende et kram. Også selvom jeg ikke kender hende. Jeg tænkte, at hun ville mærke kærligheden flyde fra mig til hende, og at det ville betyde noget for hende.

Jeg ville håbe, at hun kunne mærke det. Alle børn skal kunne mærke kærligheden hver dag. Og jeg tror faktisk, at børn er bedre til det end voksne.

Men det nåede slet ikke dertil.

Hun veg fra mig. Og nu er der en afstand mellem os, fordi hun tager sig i agt for mig, også selvom jeg forsøger at virke venlig og ufarlig.

Indimellem ser hun sig over skulderen, mens vi går. Er det for at se, om jeg stadig er med, eller er det for at sikre sig, at jeg ikke kommer for tæt på, hvis jeg nu skulle være farlig.

Jeg kan ikke få hendes reaktion ud af hovedet. Hun var hurtig til at undvige mig, hun var god til at passe på sig selv og ikke lade nogen komme nær. Hurtig. Erfaren, kan man sige det sådan. Det gør mig trist at tænke sådan, men det er sådan, jeg oplever det.

Det tænker jeg på, mens vi går hen over skolegården og rundt om den ene bygning for at komme om på boldbanerne. Der, hvor hun tror, at de andre piger er.

"Hvad hedder du egentlig?"

"Isa", svarer hun, uden at sagtne farten.

"Hej Isa. Jeg håber, at vi finder dem, du leder efter", forsøger jeg mig. Jeg vil gerne have en snak i gang mellem os. Hvad er hun for en pige?

"De er derovre, på klatrestativet, bag boldbanerne."

Jeg kigger. Der er mindst 10 piger i gang med at lege og lige så mange drenge.

"Hvem af dem, Isa?"

Stoler hun nok på mig til at lade mig hjælpe hende? Vil hun sige det? Nu er vi jo gået helt herom.

"Der er to, hende med den røde bluse og hende med det røde hår."

"Ja, Isa. Det var altså de to piger, der brød ind i jeres leg?"

Hun stopper og kigger op på mig. Hun nikker alvorligt. Jeg træder et skridt tilbage for ikke at provokere.

"Søde Isa, jeg kan se, at du er en virkelig sød pige. Og jeg vil gerne hjælpe dig. Hvis jeg skal det, så tror jeg, at vi skal stoppe her og lige snakke, så jeg ved, hvordan jeg bedst kan hjælpe dig, når vi går over til pigerne. For det tror jeg godt, at du ved, hvordan du gerne vil hjælpes, er det ikke rigtigt?"

Isa nikker forsigtigt.

"Og jeg holder lidt afstand til dig nu for ikke at gøre dig bange. Jeg ved godt, at jeg er fremmed for dig, og jeg vil ikke gøre noget. Så når du er klar, så giver jeg gerne et kram, okay?"

Isa kigger på mig med store blå øjne. Jeg kan se, at hun tænker, forsøger at få greb om, hvem jeg er, en fremmed, næsten fremmed, som vil hjælpe hende. Det virker som om, det er unaturligt for hende at blive bakket op og lyttet til. Jeg ved det jo slet ikke, om det er sådan, men det er min fornemmelse, som jeg står overfor hende.

"Isa...?"

"Hun nikker, mens hun studerer mig intenst.

"Jeg er ikke farlig eller noget. Jeg er mor til Asta, kender du Asta...?"

Isa ryster på hovedet.

"Okay, helt fint, det gør ikke noget. Det er bare for at forklare, at jeg kommer på skolen de fleste dage. Jeg synes ikke, at jeg har set dig før. Har du gået her længe?"

Isa ryster på hovedet.

"To uger."

"Ah, okay, du er ret ny så. Anden klasse?"

Isa nikker.

"Er det en god klasse? Kan du lide at gå i skole her?"

Isa står helt stille, tænker over spørgsmålet.

"Det er fint nok, på nær de to piger derovre."

"Går de i din klasse?"

Jeg forsøger at se, hvem pigerne er, om det er nogen, jeg kender. Det er det vist ikke.

Isa nikker. Hun kigger på mig.

”Årh Isa, jeg kan se, at du bliver ked af det nu. Må jeg trøste dig?”

Isa bliver stående ubevægelig. En tåre triller ned ad hendes kind.

”Isa, kom, lad mig give dig et kram. Jeg gør det forsigtigt, og du kan til hver en tid bare trække dig væk igen, hvis du vil. Men jeg synes selv, at det er rart at blive trøstet, hvis man er ked af det.”

Isa siger ingenting, står bare der. Jeg rækker hånden ud mod hende.

”Kom, smukke pige.”

Hun kigger på mig. Skifter vægten til det andet ben. Overvejer mit tilbud. Tør hun?

”Kære Isa, hvordan kan jeg vise dig, at jeg er sød og helt ufarlig. Jeg gør kun gode ting. Tør du give mig en chance?”

Hun tøver stadig. Drejer den ene fod rundt i gruset. Så rækker hun sin hånd frem mod min. Jeg lægger min hånd med håndfladen opad, så hun kan lægge sin hånd i min, hvis hun vil. Det gør hun. Med den anden arm skaber jeg en halvcirkel, hun kan træde ind i, når hun er klar.

Isa træder et skridt frem. Hendes hånd ligger stadig ovenpå min.

”Sødeste Isa...”

Hun tager et skridt mere og samler armene bag min nakke. Jeg sætter mig ned på gruset og skubber hende forsigtigt over på mit ene lår. Jeg holder ikke om hende, ikke endnu.

”Isa, må jeg kramme tilbage?”

Jeg kan mærke, at hun nikker med hovedet trykket ind mod mit bryst. Forsigtigt lægger jeg armene om hende.

”Sødeste Isa, Det fylder meget med de to piger og det, de vælger at gøre i skolen, hva’?”

Hun siger ingenting, holder bare fastere om mig. Jeg vugger forsigtigt frem og tilbage, mens jeg mumler til hende:

”Isa, jeg skal nok hjælpe dig. Men lige nu sidder vi bare her lidt. Der er plads til dig, Isa, her hos mig sker der ikke noget. Du må gerne slappe af her, søde Isa.”

”Der er aldrig nogen i skolen, der har kaldt mig sød før...”

Jeg spærrer øjnene op. Hvad? Det kan da ikke passe, vel? Hvordan kan et skoleliv være sådan?

Jeg fortsætter med at vugge hende og trøste hende. Men hun græder fra et enormt trist sted, som fylder så meget i hende, at gråden bare bliver ved og ved. Kan jeg virkelig hjælpe hende, selvom jeg ved, at jeg virkelig gerne vil?

Jeg kan høre, at det ringer ind til time. Hvad nu? Det er vigtigt at passe godt på Isa, men der er regler. Og jeg skulle jo egentlig hente Asta.

"Isa, skal du have flere timer i dag?"

Hun ryster på hovedet.

"Har du lyst til at sidde på mine skuldre, mens vi går hen og finder Asta i SFO'en? Så finder vi lige ud af, hvad du skal? Plejer du at være i SFO også?"

Isa nikker.

"De der to piger er på vej indenfor i SFO'en, ser det ud til. Det er ikke sikkert, at vi når at snakke med dem i dag, Isa, men jeg lover, at uanset hvad, så glemmer jeg dig ikke. Jeg har lovet at hjælpe dig, og det holder jeg, hvis du vil have det. Så laver vi en aftale. Okay? Jeg skal også hente Asta i morgen. Og det kan godt tage lidt tid at snakke med pigerne, man skal have god tid."

Isa nikker og sukker dybt. Hun virker lidt mere lettet nu.

"Kom, Isa, så finder vi lige Asta og nogle af dem fra SFO'en. Vil du sidde på mine skuldre?"

Isa nikker. Jeg kigger ned og aner et lille håbefuldt smil i hendes smukke ansigt.

I dag var der en voksen, der så hende, som den, hun er. Hende den lille søde pige Isa.

5. Sikker

De er på vej fra borde, hun bærer en sportstaske på
ryggen og en i hånden, og han trækker en kuffert på
hjul efter sig. Lene klemmer Frejs hånd og smiler.
Det har været en helt igennem fantastisk tur: god
mad, god tid, gode drinks og gode stunder under
samme dyne i en meget smal underkøje i deres
kahyt.

Nu er de tilbage i København og skal i morgen
tilbage til hverdagen igen efter smutturen til Norge
med en enkelt overnatning i Oslo.

Lene tænker på Frej, som går der ved siden af
hende. Lækre Frej, der bare ikke er til at holde
fingrene fra ret længe ad gangen. Kloge Frej, som
hun har de mest vidunderlige samtaler med om alt
muligt mellem himmel og jord. Som for eksempel i
nat, da hun spurgte ham, om han mente, at der var
liv på andre planeter. Da drak de lidt for meget
instant kaffe med Bailey's og snakkede længe om liv,
hvad er liv, hvor er der andre, og hvorfor skulle der
kun være liv på jorden, når der nu er så uendelig
mange planeter og stjerner og galakser omkring os.
De fandt ingen svar på alle deres spørgsmål, for de
havde slukket deres telefoner, men man skal aldrig
undervurdere kvaliteten af en samtale mellem to

nøgne mennesker under en dyne på vej over et hav
om natten.

Lene drejer hovedet, som de går hen mod
udgangsdørene. I retning af hendes blik kommer en
højt rangeret ansat fra færgen gående efterfulgt af
andre ansatte på færgen, der sludrende er på vej
hjem til en friaften i sofaen.

Lene tager sportstasken i den anden hånd, den er
tung, og går om og tager Frejs anden hånd. Hun
kigger bagud igen. Der går to betjente, klædt som to
typiske danske betjente nu er, med knipler, walkie-
talkie og pistoler.

"Hvad mon der sker? Er der altid politi på båden?"

Frej drejer hovedet og kigger i retning af, hvor Lene
peger. Han trækker på skuldrene og fortsætter med
at gå mod udgangen. Han vil gerne hjem til de fire
vægge, han kender så godt. Der kan man slappe af et
hundrede procent.

Lene kigger igen bag sig, men slipper ikke Frejs
hånd. Politibetjenten holder hånden på
pistolskæftet. Lene bliver urolig, det virker altså
mystisk.

"Frej, der er altså noget galt? Hvem har været
ombord på skibet sammen med os, tror du?"

Frej ryster svagt på hovedet.

”Jeg ved det ikke, jeg ved ikke rigtig noget om sådan noget der, jeg forstår slet ikke kriminelle.”

”Næh”, må Lene medgive ham, hun forstår dem heller ikke, ”men derfor virker det da underligt og en anelse dramatisk med politi deromme. Tænk, hvis det var ham, som jeg sad tættest på under aftensmaden. Han var lidt spooky”

”Ja, men der findes masser af spooky mennesker, der ikke er kriminelle, men som bare er spooky, Skal vi ikke bare se at komme af sted hjemad, og så er det her overstået. Så skal vi ikke spekulere mere på det.”

Lene nikker, det er den bedste ide.

Hun klemmer Frejs hånd og går lidt raskere til.

Bag dem kan hun pludselig høre løbende skridt og råb.

”Frej...?”

Men Frej er standset op og er trådt et skridt ind til siden. Han kigger i retning af larmen. Lene kigger der, hvor han kigger hen.

I den lange gang, der forbinder båden og livet udenfor, kommer en mand løbende. Efter ham kommer politibetjenten med trukket skyder. Han sigter på manden og råber stop.

Det virker til, at manden er ligeglad. Han løber i hvert fald videre, vidende om at han tager en risiko. Eller også ved han, at politiet i Danmark meget sjældent vælger at skyde, og slet ikke når der er civile til stede.

Lene kigger på den løbende mand.

Jakkesæt, et enormt guldur på venstre arm, festsko, den der slags, der er enormt glatte nedenunder, jo mere glatte, jo højere pris må man betale for skoene. Men det virker ikke til at forsinke manden. Han løber, som om han har atletiksko med spikes på. Måske løber man sådan uanset fodtøj, når politiet er efter en.

Både Lene og Frej trykker sig ind mod væggen bag sig, mens manden nærmer sig det sted, hvor de står. De skal ikke have klinket noget, ikke komme i vejen for noget. Ikke dem, de har stort set hele livet foran sig, de har planer og drømme, måske skal de giftes og have børn inden så længe. De vil ikke indblandes i noget.

Men så gør Lene alligevel noget, som hun aldrig havde troet, hun ville have modet til at gøre. Men måske handler det slet ikke om mod. For helt uden at tænke sig om stikker Lene benet ud, så langt ud på gangen som hun kan. Det går hurtigt, sekundet efter trækker hun det til sig igen og forsøger at kante sig forbi Frej og ind i korridoren med toiletter.

Den løbende mand kan ikke karakteriseres sådan længere. Nu ligger han, så lang han er, på gangen og forsøger at komme op og videre.

Det var ikke, hvad han forventede, han spænede bare med blikket fast rettet mod udgangsdørene, hvor der endnu ikke er politi.

Men noget forstyrrede ham, Lenes ene fod, så han falder og kurer hen ad stengulvet. Frej kigger overrasket på ham og udstøder et 'ough', for det må virkelig gøre ondt, det fald.

Politiet nærmer sig. Netop som manden med gulduret kommer op at stå, kaster den ene politibetjent sig efter ham og får fat i hans bukseben. Manden med gulduret falder igen. Lene kan høre ham bande på svensk inde i korridoren. Der er meget vrede i den stemme. Hun ryster af skræk. Bare han ikke har set hende. Tænk, hvis han kommer efter hende. Gad vide, hvad han har lavet?

Frej kanter sig langs væggen, kigger sig omkring, alle er optaget af alt muligt andet end ham, han glider derfor ubemærket rundt om hjørnet og kigger rundt efter Lene.

"Lene", hvisker han.

Intet svar.

"Lene, Lene, hvor er du?"

Han træder nogle skridt baglæns og kigger ind på toiletterne.

"Lene, hvor er du blevet af? De er væk, de har fanget ham, de må være på vej ud. Du kan også komme ud, kom, Lene."

Lene stikker forsigtigt hovedet ud fra herretoilettet. Smart, Lene, der har Frej ikke kigget.

"Lene, var det dig..?"

Lene sætter pegefingeren op foran munden.

"Ikke her, ikke nu."

Frej nikker, det er fint nok. Han kan se, at hun er bange. Han nikker for sig selv, nu forstår han, det er forståeligt, at hun er bange. Hun har stoppet en person, der blev forfulgt af politiet og måske ville være sluppet væk, hvis ikke det var for hende. Hvis det var hans gerning, ville han være skrækslagen.

Lene trækker Frej med rundt om det fjerneste hjørne. Det gælder om at komme så langt væk som muligt fra der, hvor svenskeren faldt.

”Vi skal ud nu, Frej.”

”Joeh, men hvad med vores tasker, de ligger derude
på gangen. Dem skal vi have med, ikk’?”

”Arj, fuck dem, Frej. Det er bare ting. Jeg er
pissebange. Tænk hvis han har set mig og kommer
efter mig? Jeg kommer aldrig til at have et roligt
øjeblik længere, resten af livet. Fuck!”

”Han har ikke set dig. Han havde fokus på at løbe og
løbe stærkt, så ser man ingenting. Ens synsfelt er
snævret ind til kun at se det lige foran en.”

”Aha. Tak, Frej.”

Det giver lidt ro, når Frej forklarer. Frej løber, og
han løber både langt og hurtigt, så han ved godt,
hvad det handler om.

Lene tager end dyb indånding.

”Okay, så tager vi taskerne med. Men du tager dem,
okay? Herind, og så går vi den anden vej ud, okay?”

Frej nikker, det er fint nok.

Han går ud fra toiletterne, som om intet er hændt og
kigger op og ned ad gangen. Den er tom. Det virker
lidt mystisk, men pyt. Han tager deres tasker og går
ind til Lene igen.

"Fedt, Frej, tak."

Frej nikker. Det er fedt at kunne gøre noget, som gør Lene glad, altid, uanset hvad det er. Lene tager Frej i den ene hånd og sine tasker i den anden.

"Kom, lad os så komme ud herfra, jeg vil helst ikke være herinde længere."

Og sammen går de af sted mod den anden gang, der – går det op for dem, da de drejer om hjørnet – også fører mod udgangsdørene.

"Det er den samme dør, selvom der er to gange på hver side af toiletterne."

"Nå for pokker."

Lenes hjerte begynder at hamre igen. Hun ser sig febrilsk omkring efter et sted, hun kan gemme sig, her er alt for åbent. Alle kan se hende, især ham med gulduret.

"Lene, tag det roligt. Jeg er sikker på, at politiet har taget ham med og er kørt til stationen allerede."

Lene nikker tøvende. Det håber hun, men hvad hvis det ikke er sådan? Hvad hvis de står lige udenfor? Hvordan gør politiet med kriminelle, der forsøger at stikke af? Det har hun jo ingen erfaring med overhovedet.

Lene kigger sig opmærksomt omkring. Der er helt
øde i gangene. De må være de sidste, der skal fra
borde. Ja, travlt havde de i hvert fald ikke, da de
kaldte over højttalerne. De skulle først i tøjet, smide
deres ting i taskerne, kysse færdig. Måske er der ro
nu og ingen grund til at føle sig panikslagen. Lene
holder lidt fastere om Frejs hånd og går mod
udgangen med sammenbidte tænder.

Frej forsøger at følge med. Hun går virkelig hurtigt,
og han er lidt mat i koderne efter al den spænding.
Men ude på den anden side vil hun se, det er Frej
overbevist om, at der er ro og fred, og de kan køre
med metroen hjem til lejligheden, og så er det helt
ovre, så er der ro.

Lene og Frej sagtner farten et øjeblik, mens de
venter på, at det første sæt af automatiske døre skal
åbne. Så træder de udenfor, gennem en bølge af
varm luft, som fylder mellemgangen og frem mod de
næste automatiske døre.

Derude slutter ferien og det drama, som de var
vidne til her til sidst, og som de på ingen måde
forstod.

Dørene åbnes, Lene holder vejret, de træder udenfor
i solskinnet. Fortovet er tomt. Vejen er tom. De er
de sidste til at forlade området. Man kan høre
fuglene synge.

Frej fløjter også, mens de går over mod metroen. Da de har fundet plads i en kupe, åbner Lene sin telefon og søger lidt rundt. Hun viser en artikel til Frej.

Trafficking-involveret identificeret på Oslo-båden.

Netop nu afhøres en mand af politiet om sin rolle i en gruppes langvarige aktiviteter med trafficking af nordiske, lyshårede børn og unge til primært Sydamerika.

"Lene..."

Frej gisper.

Lene nikker.

"Du var med til at fange ham", hvisker Frej, "hvor er det sejt. Hvor er DU sej, Lene!"

Lene nikker tøvende. Det er ret vildt.

Men det føles godt at have deltaget i sådan en god gerning, at være med til at forhindre yderligere af den slags klamme aktiviteter. Føj, at nogen kan gøre sådan mod andres børn.

Lene læner sig tilbage. Nu skal hun lige sidde og tænke lidt over det skete, nu hvor hun kender til lidt flere detaljer. Hun kan mærke et sus af adrenalin suse igennem hende, forsinket, for i metroen sker der ikke noget, alt er roligt.

Frej klemmer hendes hånd.

"Skat, du er en helt. Også selvom ingen helt ved det. Du er min helt, altid."

Lene smiler til ham og sætter sig lidt bedre til rette i sædet. Hun nikker og tager det helt ind, at hun faktisk gjorde noget virkelig godt i dag.

6. Saturday Savings

Jeg føler mig som den lille pige med svovlstikkerne. Jeg står herude i kulden og kigger ind i de varme stuer, hvor folk sidder og hygger sig. Jeg går ofte aftentur, og jeg har ikke engang en hund, jeg kan gå med. Så jeg går bare selv, også lørdag aften, som i aften. Så det ER jo selvvalgt, men alligevel.

De sidder varmt og godt derinde i de flotte, bløde sofaer. Hygger med snolder og film. Det ser hyggeligt ud. Hygge, hygge ud over det hele. Men jeg tør alligevel godt vædde på, at de fleste af dem er faldet i søvn efter en hård arbejdsuge. Ah ja, her kommer alle mine fordomme raslende ud af posen.

Og resten, dem der ikke sover endnu, kæmper for at holde sig vågne ved at arbejde på at tømme slikskålen. Og så er der den del, der endnu mindre kan holde hverdagene ud og må drikke sig bimlende berusede hver weekend. Eller tager stoffer. Fy for pokker.

Men hvad ved jeg egentlig om det? Om dem? Nemt at sige for en pensionist som jeg. Måske er de lykkelige. Måske er alle deres omstændigheder valgt til som et aktivt valg og ikke de tilbageværende sørgelige rester af en endeløs række af halvdårlige muligheder.

Hvad ved jeg overhovedet om noget som helst? Jeg går jo bare her, selv, og det giver sådan set ikke meget respons fra dem, det handler om. At ringe på er nok lige at stramme den, selvom jeg faktisk er nysgerrig.

Men nu er det også sådan, at jeg nyder mine gåture, selvom jeg foretager dem alene. Jeg kan gå rundt i mine egne tanker og lade dem fylde. Når jeg går i regnvejr, møder jeg sjældent nogen, fordi ingen gider bevæge sig ud i vådt vejr. Når jeg går om vinteren, er det også begrænset, for det er jo koldt, selvom det aldrig er rigtigt koldt i lille Danmark. Og om sommeren går jeg altid efter kl. 23, så er de fleste gået i seng, de skal jo være klar til en ny arbejdsdag næste dag, eller hvis det er lørdag, så skal energien være til en frisk og sprød søndag, med lunt morgenbrød fra bageren og forventningen om unger, der bliver siddende ved bordet og hygger og helt uden at spilde eller krumme på dugen.

Så der er altså god plads til mig på fortovene, og jeg nyder det.

Men når jeg går forbi vinduerne med hygge og liv inde bagved, så kommer jeg til at tænke. Igen. Det gør jeg tit, tænker tanker, og heldigvis da for det. Men der må da være en anden måde at hygge sig på. Hvor er dem, der hygger sig med andre ting, mere aktive ting? Spil, diskussioner, skabe kunst, at finde

på nye opfindelser, hvad kan man ellers finde på?
Der må være masser af ting. Jeg kan bare ikke
nævne dem alle. Hvor er alle dem, der har lyst til at
gøre nogle af de ting? Jeg ved det ikke. De er jo ikke
her, i villakvarteret, selvklart. De vil være andre
steder, eller hvad?

Måske kan jeg selv finde på noget, der kan skubbe
noget i en retning. Men gider folk overhovedet blive
skubbet til, nudget, eller hvad det hedder nu?

Arh, jeg dropper det og gør, som jeg plejer. Det er
klart det nemmeste. Problemet er da bare, at jeg så
gør præcis som alle de andre, og det har jeg egentlig
ikke lyst til, jeg kan godt være ret kontrær.

Tankerne flyver af sted, som om de efterligner vejret
denne aften, denne kølige og blæsende
efterårsaften.

Hun møder ikke andre på sin gåtur. Og pludselig
slår det hende. Der er den! Ideen. Ja, det er det, hun
gerne vil tilbyde verden, eller i hvert fald
nærområdet. Til at starte med. Men kan man
overhovedet det?

Hun sætter farten lidt op, hun skal hjem og skrive
nogle af tankerne ned. Skærer et hjørne af sin
sædvanlige rute, tager en smutvej. Det kunne blive
godt. Det synes hun selv. Men det varer sikkert kun
lige, indtil hun træder ind ad døren.

Nu er det hende, der sidder i en blød sofa med en skål med chokolade og en dampende varm kop the. Men hun ser ikke film. Hun samler informationer og skriver dem ned.

Er der andre, der har gjort noget lignende før hende? Findes der noget på nettet, der kan bringe hende videre i hendes tankerække, er der brugbar inspiration derude? Hun surfer rundt, skriver lidt ned på blokken, tager et stykke chokolade.

Årh, uhm, den er virkelig god, den chokolade, lige hvad jeg trænger til.

Hun går helt i stå, lukker øjnene og bruger tid på sådan rigtigt at smage chokoladen. Ikke for sød, mørk chokolade er bedst, men med et frisk strejf af mint, det er virkelig guld for smagsløgene. Hun tager et stykke mere og knaser det frydefuldt mellem tænderne. Fantastisk.

Nå, videre, hurtigt, så hun ikke mister gejsten, momentet, de gode tanker. Hun har allerede fundet en overskrift: Saturday Savings. Bogstavrim er godt. Det skaber energi, når man siger det.

Hun skriver videre, hurtigt. Hvordan får man folk til IKKE at se film og bruge hundredvis af kroner på snolder om lørdagen og i stedet komme ud af lejlighederne her i blokken og lave et projekt sammen med hende?

Det er nok umuligt, men nu prøver hun altså. Lad os se, hvad der sker. Hun nipper til theen og mærker den varme helt ned i maven. Den dulmer den usikkerhed, hun mærker ved at skulle føre det her ud i livet.

På lørdag, allerede på lørdag. Ja, hvorfor egentlig ikke? Hun starter powerpoint-programmet op på computeren og går i gang med at lave en invitation.

Saturday Savings (saving the world on Saturdays)

Den første lørdag i måneden, efter aftensmad, klokken 19.30.

I baggården ved nummer 38.

Kom og lad os skabe noget større sammen.

Alle ideer er velkomne, kom ung som gammel, høj eller lav, smal som bred. Hovedsagen er, at vi skaber noget nyt.

Der vil være the og kage.

Kærlig hilsen Henriette (nr. 38, 2. th.)

Henriette sætter billeder på og laver en bort rundt om det hele. Mon der kommer nogen? Det ER trods alt en lørdag, hun forsøger at okkupere. Alle de familier med delebørnene hjemme igen, der bare vil hygge sig efter en hård uge med travlhed og savn. Blandt andet. Alle dem, hvis liv bare fungerer. Kan hun overhovedet konkurrere med den gængse lørdagshygge?

Men måske skal hun droppe fordommene, være åben og bare se, hvad der sker. Måske bliver hun positivt overrasket.

Hun printer femten eksemplarer af invitationen og går ud for at tage sko på, så hun kan komme af sted og hænge sedler op i alle opgangene, hele vejen rundt om karreen.

Hun er faktisk spændt og kan slet ikke vente til om en uge.

Og endelig er det lørdag, og Henriette har bagt kanelsneglekage og lavet tre termokander med the. Og hun er spændt.

Hele ugen har hun forsøgt at kigge ind ad folks vinduer og se, om de mon gør anderledes, end de plejer. Men hun kan ikke rigtig se forandring. Men hun håber og krydser alle fingre og tæer. Bare der kommer nogen.

Hun er også nervøs. Tænk, hvis der ikke kommer nogen. Hun har tit tænkt tanken i den forgangne uge. Så får hun følelsen af at have udstillet sig selv, åbnet sig uden nogen til at tage imod. Men så må det være sådan. Man må tage en chance ind imellem. Og forskellen vil ikke være så stor, hun er ikke særligt synlig i karreen i forvejen.

Klokken er kvart over syv, og hun står klar nede i gården. Alle andre kan sådan set bare kigge ned og se, at hun er der – og ingen andre. Alle kan de smitte hinanden med deres fravær, så det ender med, at ingen kommer ned til hende, ikke engang for et stykke gratis kage. Og hende, der ønskede, at snolder skulle væk, hun har selv disket op med det. Nå, men det er dansk kultur, hygge, når det er bedst. Sådan er det denne gang. Første gang. Sidste gang? Hvis bare der kommer noget ud af det.

Henriette kigger på uret. Tyve over. Nogle må gerne indfinde sig nu. Bare en enkelt.

Hun har taget papir og pen med, hvis nogen skulle sige noget fornuftigt, så kan hun skrive det ned, så hun ikke glemmer det. Hvis der altså kommer nogen...

En dør åbnes. Henriette holder vejret. Er det en, der kommer herover? Hun kigger rundt. Nej, det er bare en, der skal ud med skrald. Øv. Henriette kan mærke, at hun mister modet, allerede nu. Hun har lyst til at storme op i lejligheden og gemme sig langt væk. Hun skulle bare have holdt sig til de sene aftengåture. Hvorfor nu det her ønske om at forandre noget? Hvis ingen andre gider?

Henriette sukker. Så højt, at hun ikke hører en anden bagdør gå op.

”Hej Henriette.”

Henriette vender sig om.

”Øh, hej…”

”Spændende tiltag, du har gang i. Hvad forventer du, at der kommer ud af det? Det er ikke sådan en skjult arbejdsweekend, vel?”

”Hehe, nej nej. Jeg ved ikke… jeg håber bare, at vi kan samles og gøre noget for nogen, der ikke selv kan. Men ikke noget konkret, ikke rigtig…”

”Aha, det lyder spændende. Jeg håber, der kommer flere end os to.”

”Ja…”

”Og det gør der. Se, der kommer Yasmin med sine to drenge. Og Lulu med sine piger. Så er vi da otte nu.”

”Øh, dejligt. Og uventet, egentlig. Men dejligt.”

Og efterhånden er der fjorten mennesker samlet i baggården ved nummer 38.

Henriette rømmer sig for at tage ordet. Klokken er halv.

"Altså... Jeg har forsøgt med denne invitation, fordi jeg godt kunne tænke mig at skabe noget større, noget forandring, noget godt for andre. Ikke noget konkret, bare en ide. Men jeg kan ikke gøre det selv, for jeg ER jo ved at være en ældre dame, så jeg har inviteret jer til at være med. Fordi... det er også sjovere, hvis vi er flere. Og flere er bedre til at komme med mange ideer. Såeh... hvad tænker I?"

Tavshed.

Henriettes tro på projektet daler lynhurtigt. Stilhed er ikke godt. Tænk, hvis der ikke er nogen, der har ideer. Til noget som helst. Men har hun selv en ide at lægge ud med?

"Jeg kan da selv lægge ud, for jeg har forsøgt at komme på en ide selv... Altså, man kunne fx samle pengene fra fredagsslik, eller lørdagsslik, ind i stedet for at bruge dem i slikbutikken og så bruge pengene til at skabe noget endnu større for endnu flere. Altså måske en koncert, som vi øver på. Vi har jo et lokale i kælderen, som vi kan gøre i stand og bruge til det."

Tavshed. Den farlige tavshed, der bringer alt ned til jorden, så det giver et blankt nul.

Henriette kigger rundt.

Yasmins ældste dreng, Hassan, siger højt og tydeligt:

"Jeg vil godt give mit fredagsslik væk. Jeg vil gerne spille på guitar."

Henriette ånder lettet op. Der er lidt energi. Tak, Hassan.

"Jeg vil oss' være med", udbryder Lulus ene pige, Amina, "jeg vil spille på trommer. Jeg vil gerne lave en koncert."

Lulu nikker og smiler.

"Fedt, Amina. Er der nogen her i gården, som rent faktisk spiller et instrument eller kan synge?"

Alle kigger på Lulu. Forsigtigt rækker Hans-Jørgen fra nummer 42 hånden op.

"Jeg synger faktisk i kor, hver onsdag."

Henriette smiler. Nu begynder der at ske noget. På baggrund af en eneste ide. Vildt nok.

"Sejt, Hans-Jørgen, det er cool nok", siger Yasmin,
"jeg kan også godt synge til husbehov, jeg synger
rent i hvert fald."

"Mor, du synger virkelig godt", bidrager Hassan,
"mor, du skal også synge."

"Ja ja, skat, det finder vi ud af. Jeg er jo genert. Men
det kan vi jo nok også finde ud af. Det er vist på tide
at få gjort noget ved det."

Henriette nikker og bidrager med sit.

"Jeg er frisk på at spille klaver, jeg har engang gået
til det, så mon ikke jeg kan friske det op igen. Jeg
tror, min bror har et elektrisk klaver, jeg kan låne."

Henriette kigger rundt og smiler så stort og slår
hænderne sammen.

"Jamen, wow altså, hvor er det bare fantastisk. Vi
har været samlet i mindre end en time, og allerede
har vi fået en ide og er i gang med at handle på den.
Det er jo fantastisk. Jeg er virkelig glad for, at I er
kommet i dag. Hvordan gør vi så rent praktisk? Vent
lige lidt, jeg skal lige være klar til at skrive ned,
ellers glemmer jeg det halve af det, I siger."

Henriette griber pen og papir, mens alle omkring
hende begynder at småsludre. Henriette roterer lidt
med skuldrene og nyder det, der foregår omkring

hende. Tænk, at børnene vil donere deres fredagsslik. Nu er de sammen i gang med at skabe noget. Bare wow.

Det kan godt være, at hun havde lidt for negative tanker om sin omverden, funderer Henriette, men det er da ikke værre, end at det er muligt med en ret lille indsats at starte noget andet, bevæge sig i en anden retning. Det er bestemt en aften, der giver anledning til glæde, smil og håb.

Henriette nikker for sig selv. Så kigger hun op og gør klar til at notere de ideer til handling og udførelse, som de søde mennesker omkring hende har.

7. Meraki

"Hej mor, jeg er hjemme!"

"Hej skat! Dejligt du er hjemme. Jeg har lavet pandekager. De er nok stadig lune. De står på køkkenbordet."

"Årh, sygt dejligt!"

Christian smider sin taske ind ad døren til sit værelse på vej ned gennem fordelingsentreen og ind i køkkenet.

Elsebeth, Christians mor, sidder i stuen og smiler for sig selv. Det er det samme hver dag, han kommer hjem fra skole. Hun kan se entreen for sig: basketstøvlerne ligger midt i gangen lige ved siden af de andre sko, der står sirligt på rad og række, så snuderne lige rører panelerne, jakken rammer for det meste knagen, når han kaster i retning deraf, ellers er den at finde på bænken lige nedenunder. Hans skoletaske, som for det meste er stort set tom, der er oftest kun en drikkedunk, en madkasse og en bærbar i, når for det meste helt ind på hans værelse, men det hænder, at den ligger på dørtrinnet eller midt i entreen ud for værelset. Og Christian rumsterer som regel rundt i køkkenet på jagt efter de lækreste ting at spise på det pågældende tidspunkt. Livet er for kort til kedelig eller ikke-særligt-lækker mad. Rugbrødsmadder er kedelig mad. Lasagne fra i går er lækker mad. Pandekager er totalt toppen, det ved Elsebeth. Men det er sådan en hyggelig ting at sidde og lytte til ham gøre klar til at spise derude.

Faktisk elsker Elsebeth at sidde i stuen, uanset hvem af familiens medlemmer, der kommer hjem. Så lytter hun til deres unikke måde at komme hjem på og deres helt egen roden rundt efter spiselige lækre sager i køleskabet eller i skabet med tørvarer, og hun nyder det.

Men sådan har det faktisk ikke altid været. Engang lyttede hun efter lyde i køkkenet og blev kun mere og mere irriteret. Tanken om rodet i skabene, ting, der blev stillet komplet tilfældige steder i køleskabet og alt det, som aldrig blev stillet ned i opvaskemaskinen. Det var SÅ irriterende. Og Elsebeth havde altid diskussionen med sig selv, om hun bare skulle ordne det for den skyldige i rod, eller om hun skulle hente pågældende, så denne kunne rydde op efter sig.

Men siden Elsebeth opdagede for et års tid siden, at hun var i gang med overgangsalderen, har hun arbejdet hårdt på at ændre hverdagen. Nu spiser de for eksempel ikke aftensmad sammen i hverdagene, medmindre det sker tilfældigt, at deres appetit kommer til udtryk samtidig. De har alle fire helt forskellige tidspunkter at være sultne på og helt forskellige aktiviteter og gøremål om aftenen, så det virkede bare nemmere at give det fri til alles egen appetit hver især.

Før blev hun irriteret, ja nogle gange helt gal, over hendes nærmeste, der ikke spiste ret meget af maden, når hun havde stået med det i en times tid og gjort sig umage for at servere noget lækkert. Børnene kunne reagere, som om hun forsøgte at forgive dem. Yderst generende. Så enerverende, fordi alle de der små ting ligesom vender tilbage igen og igen, dag efter dag efter dag efter... Men en dag besluttede hun simpelthen, at nok må være nok.

Elsebeth opdagede overgangsalderen ved, at hun begyndte at vågne om natten og have det unaturligt varmt. Derudover tog hun fem kilo på i løbet af to måneder uden at have forandret sin hverdag på nogen måde.

I starten observerede hun bare og tænkte, at det går nok over. Men det gjorde det bare ikke. Det virkede til at fortsætte. Okay, indrømmet, Elsebeth kan jo ikke vide, om det ville være gået over eller forandret sig til noget andet en måned senere, men hun ville ikke tage chancen. For hvor længe skulle hun så i grunden vente? Det ved ingen, og Elsebeth er ikke kendt for at være tålmodig, ikke tidligere i hvert fald.

Elsebeth startede med at læse et par biblioteksbøger om sin igangværende overgang, meldte sig ind i en relevant facebookgruppe og læste med der. Nøj, hvor hun lærte meget. Kommentarerne til alle kvindernes udfordringer var mange og forskelligartede.

Elsebeth begyndte at tænke. Mærke efter. Forsøgte at lytte til kroppen, vil den fortælle hende noget?

Det, der gav mest mening for Elsebeth, var nemlig at lytte og forsøge at blive ven med sin krop i alt det her. For uanset hvad den finder på af nye, spændende eller mindre spændende udtryk, så kommer det nok til at gå bedst, hvis Elsebeth er den bedste ven, hun kan blive, med sin krop.

Hun deklarerede det overfor familien en torsdag i oktober, hvor hun havde valgt at lave en fransk kartoffelret til aftensmad. Varmt, kærligt og blødt. Præcis som en kvindekrop.

"Jeg har taget en beslutning", sagde hun til dem, "og det er, at jeg vil tage min overgangsalder meget alvorligt. Det ER en overgang for mig, og jeg vil favne den og lade det ske så kærligt som overhovedet muligt. Det håber jeg, at I vil bakke mig op i?"

Alle omkring bordet nikkede, mens de nød den som altid velsmagende ret fra Elsebeths hånd. For denne dag var de samlet til aftensmad, det havde Elsebeth forlangt dagen i forvejen.

"Det betyder nok, at jeg vil tage nogle flere lure, for søvn er vigtig for mig, så er jeg træt, så vil jeg hvile mig. Jeg vil gå ture, jeg vil spise lidt anderledes, jeg vil gøre mit bedste for, at denne overgang i mit liv bliver så behagelig som muligt for mig, og derfor jo også for jer."

Både Christian, Lina og deres far, Elsebeths mand, Olav, han er fra Norge, er tavse. De sidder bare og stirrer på Elsebeth. Hvad siger man til det? De ved ingenting om overgangsalder.

"Ja, okay, det er vist ikke helt almindeligt at tale om det, men det vil jeg gøre. Så ved I, hvor jeg står, hvordan jeg har det, hvis jeg har brug for lidt ekstra hensyn eller noget. Det synes jeg faktisk er meget fornuftigt. Det er i hvert fald vigtigt for mig at passe godt på mig. Det er ikke sikkert, at det her bliver nemt, det kan faktisk gå hen og blive noget rigtigt besværligt møg. Jeg ved det ikke."

Olav nikker. Klart. Det er vigtigt, at Elsebeth har det godt.

Mere skete der ikke. Alle accepterede udmeldingen uden dikkedarer. Elsebeth nikker tilfreds og spiser lidt mere tartiflette, det smager virkelig godt på sådan en kold oktoberdag.

Da foråret kom, begyndte Elsebeth så at gå til græsk. Og gå til moderne dans. Dans er bare sjovt og udfordrende, og Elsebeth elsker at blive stærkere og mere smidig. Kroppen knager lidt ved meget ind imellem, men hun gør sit bedste for at lytte efter og respektere dagsformen.

Og græsk er bare spændende. Det er ikke sådan, at hun har noget særligt forhold til Grækenland eller græsk kulturhistorie, det er bare med afsæt i nysgerrighed. Men græsk er sjovt. Græsk er virkelig svært, men underviseren er god. Græsk lærer også en om livet i al sin almindelighed.

Og om ordet Meraki. Så i dag siger hun Meraki til det meste. Det kan være i forhold til Lina og Linas opgaver i hjemmet.

"Mor, jeg er så sulten, men jeg orker ikke at lave mad, kan du ikke hjælpe, mor? Jeg er træt, det var hårdt i skolen, jeg skulle fremlægge."

Meraki, tænker Elsebeth og smiler.

"Jo, min skat, lad os hjælpes ad, det vil jeg gerne gøre sammen med dig. Jeg tager mit yndlingskrydderi med til køkkenbordet."

"Hvad er dit yndlingskrydderi, mor?"

"Kærlighed, selvfølgelig."

"Haha, du er sjov."

"Men det er rigtigt. Man kan smage på maden, om den er lavet med kærlighed eller ej."

"Hmmm. Men du hjælper mig, ikk'?"

"Jo. Hvis du starter, så er jeg der om et kvarter, er det okay der?"

"Ja, fint nok."

Det er gået op for Elsebeth, sådan for alvor, som i lige om lidt, at børnene flytter hjemmefra en dag inden ikke så forfærdeligt længe. Så er det ikke længere muligt at give dem mindst et kram dagligt. Så livet er for kort til sure miner, hun gider det simpelthen ikke mere, hun har valgt at sætte kærligheden forrest og vælger at sige ja alt det, hun kan. I modsætning til tidligere, hvor hun ofte sagde nej, fordi hun var træt, irriteret over alt muligt eller i dårligt humør på grund af arbejdet.

Men ikke længere. Heller ikke, når Christian ind imellem er en anelse doven af en sej selvhjulpen syttenårig at være.

”Mor, kan du køre mig over til klubben, jeg skal øve musik med drengene om en halv time? Jeg glemte tiden, fordi jeg lå og læste.”

”Ja, det kan jeg godt, jeg har ikke lige noget at se til den næste times tid, det vil jeg gerne. Kommer du selv hjem så?”

”Ja, Tobias’ forældre sætter mig af på vejen.”

”Perfekt. Hvornår skal vi køre?”

”Om ti minutters tid. Tak, mor.”

”Selvfølgelig. Det er altid rart at kunne få en god snak med dig i bilen. Eller bare være stille sammen. Jeg nyder dit selskab uanset.”

”I lige måde, mor.”

Men det kan også være, at Olav kommer træt og udkørt hjem fra arbejde, fordi han har haft en dag fyldt med dårligt fungerende kommunikationsgange eller upålidelige medarbejdere eller andet. Så vil han gerne læsse af, så det ikke tynger ham længere. Og han vil rigtig gerne læsse af på Elsebeth. Hendes skuldre er åbenbart brede nok og hendes favn stor nok til at bære det hele.

”Åh, det har været sådan en dum dag. To syge medarbejdere, der ringer i sidste øjeblik, før vi åbner, og så er det altså svært at rette op på. Så

bliver dagen bare alt for travlt for dem, der er
tilbage. Hvilket jo som regel er mig. Altid mig.
Helvete!"

"Kom og få et kram, min skat. Det er ikke altid nemt
at være chefen. Men du klarede dagen, ikke? Og nu
er du hjemme i vores dejlige hjem og kan nyde
resten af aftenen sammen med mig."

"Ja, men jeg er bare så irriteret og gal over det. Jeg
har ikke nået alt det, som jeg havde planlagt i dag.
Jeg er bagud. Jeg hader at være bagud."

"Det ved jeg, skat, men du skal nok indhente det.
Det kommer til at blive fint snart igen. Det er jeg
sikker på."

"Der er for mange opgaver, alt for mange. Jeg kan
faktisk ikke nå det. Og da slet ikke, når to af mine
medarbejdere lægger sig syge."

"Der er vist meget i omløb for tiden. Hvilke
muligheder har du for at ændre på din arbejdsbyrde
og tilpasse dem til dagen, når der pludselig opstår
sygdom?"

"Hmmm, ikke mange. Men måske jeg kan flytte lidt
rundt på nogle timer hos eleven og den nye i
salgsafdelingen. Så kan jeg få lidt hjælp og sparring
der i pressede situationer. Som i dag."

”God ide, du er god til at få ideer.”

”Tak, smukke. Du er god til at lytte. Jeg har det allerede meget bedre.”

”Meraki.”

”Hvad?”

”Meraki.”

Elsebeth smiler til Olav og studerer hans ansigt for at se, hvad han nu vil gøre.

”Er det meningen, det skal være norsk?”

”Nej, det er græsk, et græsk ord, jeg har lært. Det indeholder virkelig meget klogskab. Må jeg fortælle om det, eller er du for træt nu.”

Olav synker lidt sammen. Elsebeth kigger, han forsøger vist at mærke efter.

”Ved du hvad, Elsebeth. Det har hjulpet at tale med dig, så jeg er ikke så træt i hovedet længere. Jeg vil gerne høre om det der ord, mevlaki.”

”Meraki.”

”Nå ja.”

”Det er altså græsk og betyder, at man gør sine ting, pligter, alt muligt, med hele sit hjerte og sin sjæl,

med al sin kærlighed. Og jeg synes faktisk, at alting
er blevet meget nemmere, efter at jeg er begyndt at
lade den indstilling til livet, mine gøremål og det
hele fylde mere og mere. Jeg skulle lige øve mig,
men jeg synes, at det kører. Og det går godt i tråd
med at være god ved mig selv i min overgangsalder.”

”Jeg synes, du har forandret dig på det seneste,
faktisk. Men det er kun til det gode, det er en dejlig
forandring.”

”Tak, Olav, jeg er rigtig glad for, at du lægger mærke
til det.”

”Ja, det er meget tydeligt. Både overfor mig og
børnene.”

”Det er dejligt, for det er også meningen. Eller... ikke
meningen, men det vil jo blive resultatet. Det gør
mig glad at høre. Jeg synes også, at jeg kan mærke,
at børnene er anderledes overfor mig. Det er
dejligt.”

”Ja, du har ret. Du er sej, min nydelige kvinne. Det
er du virkelig.”

”Det har krævet tid at forandre, men det føles
virkelig godt.”

”Jeg kunne godt blive inspireret af din tilgang, når jeg ser, hvordan du har det. Du er så glad, sådan nærmest ubekymret.”

”Ja, det er et valg, jeg har taget. Jeg forsøger virkelig at sætte simple tilgange op, så alting ikke bliver så kompliceret. Det gør mig bare træt.”

”Måske det også kunne forandre noget på arbejdet, hvis jeg ændrede indstilling der?”

”Ja, måske, det har det i hvert fald gjort på mit arbejde. Alting er ligesom meget nemmere, arbejdsdagene er bare bedre, ligesom, alting går bare... godt.”

”Det er fantastisk. Du inspirerer mig. Tak, Elsebeth.”

”Men selvfølgelig, jeg synes bare, at det er vigtigt, at dagene bliver så gode og rare som muligt. Jeg vil bare gerne have det godt. Og jeg fandt en mulighed for at gøre noget anderledes på mit græskkursus, det er virkelig dejligt at opdage sådan en fin ting ved siden af at lære et nyt sprog.”

”Ja, det må det være. Det er jeg glad for på dine vegne.”

”Tak, skat. Jeg håber, du finder din måde at anvende Meraki på i din hverdag.”

”Ja, jeg tror lige, at jeg må google det og se, hvad der kommer op. Jeg har vist brug for lidt mere omkring det, nogle ord, måske nogle billeder, som jeg kan printe eller noget.”

”God ide. Og når du finder ud af det, så vil jeg gerne høre om det, hvordan det går dig. Det kunne jeg godt tænke mig.”

”Det er en aftale, min skat.”

8. Den man er

Jakob er en dreng ligesom alle andre. Eller er han?
Der er mange, der forsøger at få ham til at gøre som
alle de andre. Men han er i hvert fald en dreng. Det
ved han.

Ti gengæld oplever Jakob selv, at der er forskel på
ham og de andre drenge i klassen. Han er ikke
ligesom de andre, ikke helt.

For når de bytter pladser, når en ny måned starter,
så bytter han aldrig med nogen. Han sidder på den
samme plads hver gang.

Jakob ved godt hvorfor.

Han er urolig, de siger, at han er urolig. Så er det
bedst at han sidder tæt ved læreren, så hun kan
holde ham i ørerne. Ikke bogstaveligt talt, men det
er nemmere for hende at se ham. Han kan ikke se
andet i klassen end hende, deres klasselærer. Han
kan ikke se sine klassekammerater, de sidder
bagved Jakob. Når han kan se dem, bliver han mere
urolig, siger de. Han forstyrrer de andre, det er ikke
godt, siger de. Men når han sidder allerforrest, er
det kun de andre, der kan se ham. Det gør ham
endnu mere urolig, end hvis han kunne se dem. Det

er der bare ingen, der ved, for der er ingen, der har spurgt Jakob.

Men læreren er streng, og Jakob er bange for at få skældud af hende. Det gør ondt i ørerne, når hun skælder ud, ondt i hovedet, maven, hele kroppen. Så når han sidder helt oppe foran, så sidder han helt stille.

Men læreren ser ham ikke alligevel.

Kun, når han larmer. Og så er det, at hun skælder ud, og Jakob dukker sig så meget som overhovedet muligt.

Men Jakob synes, at timerne er så KEDELIGE. Der sker ikke noget. Hans hjerne klør efter noget at beskæftige sig med, og der er ikke noget. Alt, hvad læreren siger, det ved han godt. Han keder sig. Hver dag.

Han skal gøre det samme som de andre, alle skal gøre alting samtidig. Det er dybt tåbeligt, synes Jakob. Han har allerede løst opgaverne i hovedet. Det er ikke altid, at han gider skrive svarene ned, for det tager meget længere tid end at regne det ud i hovedet.

Og han må ikke tegne eller skrive sine egne ord eller lave i andre bøger eller noget som helst. Han må

kun gøre som de andre gør. Dumt, dumt, dumt, hvis
man spørger Jakob.

De andre børn i klassen ser ham heller ikke. Ikke
rigtigt. Måske ser de endda lige igennem ham,
selvom han sidder forrest i klassen.

Hver gang de leger den der leg, hvor den, der sidder
pænest, bliver valgt til at vælge en ny, der sidder
pænt, og så videre i alt for lang tid, så bliver Jakob
aldrig valgt.

De andre børn synes ikke, han sidder pænt. Han
prøver, alt hvad han kan, men legen er meningsløs
for Jakob, så efter kort tid stopper han og sidder
bare helt sunket sammen på stolen. Eller sætter sig
med benene hen over ryglænet. Eller forsøger at
sidde på en måde, han ikke har siddet på før. Hvad
skal den leg til for? Hvem synes, at den leg er sjov?
Hvorfor skal de ikke bare lære noget? Altså, hvornår
skal de lære noget?

Så nu forsøger han, hvis han ikke bliver valgt blandt
nogle af de første til at sidde pænt, at larme, bare
lidt. Lidt, men ikke nok til, at det udløser skældud.
Det er faktisk en hårfin grænse. Han forsøger at lave
sjov, sige noget, som de kan smile ad. Smile til ham.

Men de ser ham slet ikke. Han er ikke en del af
legen længere. Han er noget, de andre kigger
udenom for at få øje på dem, der sidder pænest, de

vælger alligevel deres bedste ven for det meste. Så de andre følger ikke engang reglerne. Så dumt.

Jakob er ked af det.

Langt indeni er han ked af det. Han forstår ikke, hvorfor det er sådan her. Han pakker det væk, murer det inde bag en tyk mur, gemmer det i en sort sæk med snøre på, langt indeni. Synker det igen og igen, når det gerne vil frem, gerne vil siges højt.

Hvorfor ser I mig ikke?

Det er helt anderledes derhjemme. Der er han ikke usynlig. Aldrig.

Når han kommer hjem fra skole, står mor klar med varm the og lune boller med smør og et dejligt varmt kram. Så sidder de og snakker. Først snakker de om skoledagen, men der er ikke rigtigt noget at sige, så det er hurtigt overstået.

Så glider snakken over i andre og meget mere spændende ting. Så snakker de om noget, som mor har læst i et blad, om en rød dværg, en stjerne, som nogle forskere lige har opdaget. Jakob elsker, når mor fortæller om universet, for han elsker stjerner og planeter.

Og så kommer de til at tale om relativitetsteori. Og det er lidt mystisk, men også meget spændende.

”Og Jakob, jeg har tilmeldt os til noget. I aften. Jeg har nemlig fundet et foredrag, som vi skal til. Men det er egentlig kun for voksne, så vi skal opføre os meget pænt og være meget stille, så ingen lægger mærke til os, okay?”

”Okay, mor, men hvad er det for et foredrag?”

”Det handler om relativitetsteori, den specielle relativitetsteori. Og man kan også købe en bog om emnet, når man er der. Den tænker jeg, at jeg vil købe til dig, min skat.”

”Årh, fedt, mor. Det vil jeg gerne. Hvad tid starter det? Er det snart?”

”Det er efter aftensmaden. Vi skal køre efter aftensmaden. Det er på biblioteket, så vi kan jo bare køre derover, når vi har spist. Far skal også med, jeg tror, det bliver hyggeligt.”

”Jaaaah, jeg elsker, når vi laver noget sammen, os tre..”

”Ja, det gør jeg også. Og vi kan måske nå over og kigge i bøger, inden det starter. Jeg vil gerne finde et par bøger at læse. Jeg har læst dem, jeg har lånt, de skal afleveres.”

”Okay, mor.”

"Men foredraget er færdigt lidt sent. Så inden vi tager af sted, skal du lige børste dine tænder, så du bare kan hoppe under dynen, når vi kommer hjem."

"Okay, mor, det er en aftale."

"Dejligt, min skat."

"Tak, mor. Det er meget mere spændende end skole."

"Ja, det ved jeg, at du synes. Vi må finde ud af, hvad vi gør med skole. Syv år mere på denne måde holder jo ikke for dig. Du får jo aldrig lært at lære på den måde."

"Det er virkelig kedeligt, mor, hver dag."

"Jeg ved det. Der står ellers i loven, at folkeskolen skal undervisningsdifferentiere og undervise hver elev fra deres eget ståsted, men jeg kender ikke nogen folkeskoler, der rent faktisk praktiserer det."

"De tror, at de gør det, mor. Så giver de mig 300 ekstra regnestykker, som jeg allerede kan. Og de tror, at det er godt. Men det er jo kedeligt, fordi jeg allerede kan det."

"Jeg forstår. Jeg tror, at far og jeg vil tale om det i den kommende uge. Vi skal nok undersøge, hvilket muligheder der er for, at du får nogle mere spændende og lærerige dage i dit skoleliv. Vi skal nok løse det. Men det kommer til at tage lidt tid, okay? Du må prøve at være tålmodig.”

”Ja, mor, det skal jeg nok.”

”Det ved jeg, at du er hver dag. Men vi har ikke lige en løsning lige nu. Vi gør, hvad vi kan, det lover jeg.”

”Tak, mor, kan vi begynde på aftensmaden nu, så vi snart kan køre over på biblioteket?”

Mor kigger på uret.

Ja, det kan vi vel egentlig godt, hvorfor dog ikke? Vil du hjælpe mig?”

”Ja, mor, det vil jeg.”

”Dejligt, skat. Vi skal lave pasta med en linsesovs, som jeg lige har fundet en opskrift på. Det lyder lækkert, så det vil jeg prøve.”

”Okay, det gør vi.”

Mor nikker og går hen for at finde en gryde frem. Jakob fløjter, mens han står og læser opskriften.

Det er godt, tænker mor, når Jakob fløjter, så ved man, at han har det godt.

9. Magiske minutter

Jeg elsker dig.

Hvad siger du?

Jeg elsker dig.

Okay...

Jeg elsker dig virkelig.

Hvorfor siger du det? Er det ikke noget, du skal sige til din mand og dine børn?

Det gør jeg skam også. Hver dag. Jeg ønsker bare, at kærligheden skal fylde alt.

Jo, jo, men jeg er jo bare din kollega. Du er ikke engang på fuld tid.

Kan du ikke mærke det?

Hvilket?

Kærligheden. Den er over det hele.

Her? Har du lagt mærke til, hvor mange sure mennesker, der er her? Hver dag?

Ja, det har jeg.

Det er ikke kærlighed.

Kærligheden er lige inde bagved.

Mener du det?

Kan du ikke mærke min kærlighed?

Øøøh...

Men bliver du aldrig sådan bare fyldt op af kærlighed til... alting omkring dig? Hvor du bare ER kærlighed, hvor det bare fylder det hele, så du bare MÅ dele ud af det? Har du det aldrig sådan?

Nej, det tror jeg ikke lige. Det lyder skørt.

Men så mærk lige efter igen. Jeg elsker dig.

Jeg mærker ingenting.

Jeg tror, kærligheden er lige inde bag ved, hvad end du sætter foran.

Hvad skulle det være?

Forsvar af en art. Ej, undskyld, det lyder ikke særlig kærligt. Men nu er vi tænkende. Kærligheden er ikke en tanke, det er at mærke. Ingen tanker. Ser du?

Nej. Man kan jo ikke IKKE tænke.

Jo, sagtens. Man skal bare øve sig. Jeg har øvet mig. Jeg prøver igen. Jeg elsker dig.

Det lyder altså lidt spooky, når du bliver ved med at sige det?

Hvad er kærligheden? Ægte betingelsesløs kærlighed sætter ikke rammer, det er ikke nødvendigt. Ægte kærlighed gives bare.

Aha.

Nogle gange mærker jeg bare så meget kærlighed, at jeg ligesom flyder over.

Det lyder altså stadig lidt *psycho*...

Ja, måske. Men ville det ikke være dejligt, hvis verden var et mere kærligt sted?

Jo, måske...

Måske...?

Den der såkaldte kærlighed kan også ofte være virkelig grim og klam.

Det er ikke kærlighed.

Nogle kalder det kærlighed.

Der er meget, der kaldes kærlighed, men slet ikke er det. Kærligheden er fri og god og gør ikke nogen ondt. Alt andet end det er ikke kærlighed.

Hmm, måske har du ret.

Kærligheden mærkes helt særligt, når den er ubetinget og mmm... ren.

Ren?

Ja, når der ikke er bagtanker eller tvang eller den slags.

Aha. Skulle vi ikke lige arbejde lidt mere? Jeg har ligesom fået nok kærlighed for i dag, haha.

Okay. Undskyld, hvis alt dette var ukomfortabelt. Kærligheden fyldte bare det hele lige der. *Sorry*.

Fint. Tak.

HALLO! Kom så i gang med arbejdet! I sidder og snakker dagen lang, der skal arbejdes!

Åh, Otto. Tak for de smukke ord. Ved du hvad? Jeg elsker også dig.

Hvad fanden snakker du om?

Kærlighed. Kærlighed er det vigtigste, vi har, *right*?

Du er eddermaneme underlig.

Tak, Otto. Det tager jeg som et kompliment.

Ja, det tænkte jeg sgu nok.

Hvorfor snakker du sådan til os altid?

Det er sådan, vi snakker her?

Pjat med dig. Det kan man ændre, hvis man vil. Jeg vil ikke tiltales sådan.

Du er sgu en sart lille dame.

Man må gerne være sart, hvis du kalder det sådan. Men ved du hvad, Otto? To af dine medarbejdere er alvorligt syge, en anden har en mor, der ligger for døden, folk omkring dig er trætte, kan du ikke se det?

Øhm...

Hver dag, vi har, som er gode, det er dage værd at bemærke. Hver dag skal vi fylde med kærlighed, for en dag er det for sent. Hver dag, vi har det godt, skal vi nyde og bruge til at gøre godt for os selv og andre. Derfor vil jeg lade min kærlighed fylde. Der er også nok til dig.

Du er skør.

Det tænkte jeg også. Vi gør, som vi plejer her. Ikke, Otto?

Jo, det tror jeg da nok lige, at vi gør. Som vi plejer.
Det andet der, det er da lidt for mærkeligt for os.

I gør, som I plejer, og jeg gør, som jeg plejer. Jeg
agter at blive ved med at smile, være glad, tale pænt,
være respektfuld for at gøre min og andres dag så
god som mulig. For jeg har livet i dag, og jeg har
kærligheden i dag. Jeg ER kærligheden. Ligesom I
er. I skal bare vælge at lade den fylde.

Haha, det lyder som noget fra bibelen.

Ja, sgu, haha.

Bibelen? Det er måske bare en god historie.
Kærligheden kan vi alle vælge at lade fylde. Det
behøver vi ikke nogen religiøse bøger for at kunne.
Vi er alle kærlighed. Men jeg forstår, at denne
verden får os til at gemme kærligheden, glemme den
og underkende den. Vi stopper med at forstå, hvad
den virkelig er.

Okay, det bliver sgu lidt for skørt, det her. Arbejd,
arbejd, de damer. Videre, vi har faktisk ret travlt i
dag.

Jeg elsker dig stadig.

Ej, nu må du stoppe!

Fint, jeg har sagt det, som jeg ville. Og nu, tilbage til
arbejdet.

Pyha, endelig kan der komme lidt ro på. Det her kærlighedssnak er sgu lidt foruroligende.

Ja, det var måske lidt overvældende med alt det på en gang. Men jeg mener det. Hvis jeg skal have en religion, så er det kærligheden, der er min religion. Ingen bøger eller noget, bare kærlighed.

10. Smil

Der er jazz på torvet. Det er der hver lørdag, hver sommer. Sådan har det været de seneste fire år. Så hyggeligt. Det plejer det i hvert fald at være. Så sidder de fleste ude i solen på stole, der tilhører cafeen, og drikker den kolde øl eller det glas afkølede rosévin, som de har bestilt nede i baren.

Sommermusikken er et tilløbsstykke. Lyden er god, melodierne er præcis sådan nogle, så alle kan finde ud af at nyde at lytte til jazz. Publikum kommer fra de omkringliggende byer, har cafeejeren fortalt til mig, engang vi var deroppe og spise i vinters. Alle hygger sig.

I dag kom vi lidt sent af sted. Derfor fik vi pladser et stykke fra scenen. Men det er okay, for ind imellem skruer bandet lidt vel op for lyden, og vi kan altså godt høre, selvom vi er i tresserne.

Foran os sidder der to ægtepar, som ligner, at de er til sommerjazz sammen.

Ja, jeg kan ikke lade være med at kigge rundt og studere mennesker lidt. Diskret, selvfølgelig, men alligevel. Mennesker er spændende, og jeg iagttager gerne lidt på afstand, hellere end at indlede en snak. I hvert fald ikke lige med det samme. Jeg skal lige se folk an. Så det passer mig fint at sidde lidt i yderkanten og se alle de andres nakker.

Tre af de gæster, der sidder foran os, er placeret på stole, mens den fjerde har fået manøvreret sin elscooter ind mellem bordene og hen ved siden af sin hustru. Jeg kan høre, at de snakker sammen. De tre på stole taler med lysere stemmer, og manden i elscooteren med en mørk, tung, stemme, som om han er i dårligt humør.

Kan man da fastholde et dårligt humør i den danske sommer, når den viser sig fra sin smukkeste side, vinden er ikke-eksisterende, og manden har fået serveret en stor fadøl til sin cafeburger?

Ja, jeg kunne ikke, jeg ville smile over hele femøren. Men i dag nøjes jeg og MIN hustru med en kold øl, vi har spist hjemmefra, finanserne er ikke i overflod hos os for tiden. Og så er det sidst på måneden. Men pyt, vi skal nok hygge os alligevel.

Manden i elscooteren skælder ud på konen, men jeg kan ikke høre over hvad. Jeg kan bare se hans ansigt fra siden, og det synlige øjenbryn dykker langt ned i panden. Hun kigger på ham med nedadvendt mundvig og siger noget tilbage. Stemningen er ikke den bedste mellem dem, det er tydeligt at se. Jeg kan næsten mærke den tunge energi omme ved mig. Jeg rykker støjende en smule baglæns, jeg gider ikke være en del af det. Jeg er i godt humør, og sådan skal det forblive. En bonus kunne være, at de opdagede min skramlen og blev distraheret på en eller anden måde. Men de er alt for optaget af sig selv og deres egen utilfredshed.

Jeg kigger på min hustru. Det bringer smilet frem igen. Hun ser så glad ud. Hun er fantastisk til at nyde livet. Hun har smittet mig over årene, jeg er langt mere glad og tilfreds i dag, end jeg var for bare ti år siden. Det er hendes fortjeneste. Hun gør mig glad, og hun lærer mig at sætte pris på det smukke i hverdagen.

Jeg er taknemmelig for det, for hende. Det er nu dejligst at være glad.

Så hører jeg manden op elscooteren knurre igen. Hans hustru skælder, denne gang lidt højere:

- Preben, jeg gider ikke diskutere nu. Spis din burger, drik din øl, nyd solen! Jeg vil gerne have en god oplevelse i dag.

Hun forsøger at afslutte Prebens brok. Med god grund. Brok hører sig ikke til under den smukke blå himmel med små sekvenser af søde toner af jazz, der strømmer gennem luften, ikke en dag som i dag. Alt er jo godt.

Så kigger jeg nærmere på ham. Læner mig lidt til siden for bedre at se. Stadig diskret, selvfølgelig.

Han mangler det meste af det ene ben, for jeg kan kun se en sko på fodstøtten på scooteren. Hans hænder er hævede. Han har sved på panden.

Han har det ikke godt. Hans krop er slidt, på overarbejde, hærget af livet. Hvad mon der er hændt ham?

Jeg får en ide. Musikken starter først rigtigt om fem minutter, de er blot ved at varme op og indstille lyden.

- Else, jeg skal lige hente noget, jeg er tilbage om et meget kort øjeblik.

Else kigger på mig og smiler. Jeg kan ikke lade være med at smile tilbage. Min smukke Else. Det er dejligt, hun er her ved min side.

Jeg rejser mig og småløber over i Netto. Bare de nu har det. Jeg griber en pose franske kartofler og finder deres spotmarked. Jeg leder hylderne igennem. Nej, de har ikke flere tilbage. Pokkers, så må jeg prøve inde ved siden af.

Jeg betaler for de franske kartofler og skynder mig ind i tøjbutikken. Hvor har de dem? Der. Jeg vender og drejer kasketten i hånden. Er den stor nok til Preben? Mørk eller lys?

Jeg vælger en lys beige version, som kan indstilles i nakken. Niogtres femoghalvfjerds, værsågod.

Jeg skynder mig tilbage til min Else og min kolde øl. Det er varmt nu, klokken er halv to, solen bager. En tår af den kølige drik er helt på sin plads. Jeg sætter mig ned og giver Elses hånd et klem. Så lægger jeg posen med mit indkøb på bordet og læner mig over og giver Else et kram og et kys på kinden.

- Jeg elsker dig, hvisker jeg.

Else krammer tilbage, holder mig fast, aer mig på kinden.

- Se, jeg har købt lidt chips til os, man må sørge for at få nok salt i den varme.

Else nikker og tager et par chips fra posen. Hun knaser højlyder og kommer til at grine.

Preben vender sig om og stirrer vredt på hende. Else spærrer øjnene op, men forholder sig afventende.

Prebens kone vender sig også om, vist mest for at få Preben til at rette sin opmærksomhed fremad igen. Musikken starter nu, kan de da ikke bare hygge sig i dag, det tror jeg, at hun tænker.

Preben vrisser ad hende og stirrer fortsat på Else.
Else smiler til ham. Det formilder ham ikke, snarere
tværtimod.

- Preben, spis nu din burger, inden hvepsene gør
det.

Preben nærmest eksploderer.

- Fandens til hvepse, lortecafe, alle cafeer med
respekt for sig selv sørger for, at der ingen hvepse
er, når gæsterne spiser udendørs. Fandens til sted.
Og hvis folk bare ville være stille, så jeg kunne høre
musikken. Her er så meget larm hele tiden. Jeg
bliver helvedes skør af det. Det er for meget!

Han stamper med den ene fod i fodstøtten og
fnyser. Jeg kan se, at hans øjne løber i vand, enten
af vrede eller fra solens skarpe lys. Han er også
ildrød i hovedet.

- Fandens til dag! Vi skulle være blevet hjemme. Jeg
gider ikke. Jeg vil hjem. Jeg er ikke sulten. Hvorfor
skulle du absolut slæbe mig med herop, Henny?!

Henny bukker nakken lidt.

- Jeg ville bare gerne have, at vi kunne have en god
dag sammen, hygge os lidt, Preben. Det savner jeg.

- Men for helvede, Henny. Jeg har ondt i benet og i hovedet og i hænderne. Det gør så helvedes ondt over det hele.

Henny snøfter stille. Hun tager en tår af sin øl, som for at distrahere sig selv og undgå at bryde sammen midt på torvet, hvor musikken starter, og det hele skulle være så hyggeligt. For at aflede sig selv fra gråden i halsen, skylle den ned med noget, der dulmer lidt.

Jeg rømmer mig forsigtigt.

- Ehm, undskyld, den herre. Øhm, jeg... øhm... Ja, undskyld, men jeg tænkte, at... Altså, jeg har købt denne, men jeg tror, at du har mere brug for den i dag, så øhm... du må gerne få den. Værsågod.

Preben vender sig om og kigger på mig. Sikke meget vrede, der er i de øjne, jeg bliver helt nervøs.

Preben kigger på kasketten. Så på mig.

- Hrmpf! Nå. Tak.

Preben rækker ud efter kasketten.

- Vent lidt, jeg tager lidt mærket af, så det ikke generer dig.

Jeg flår det af og rækker kasketten frem igen.

- Generer mig. Det er nok det, der generer mig mindst i dag. Men tak alligevel.

Han vender sig rundt og tager kasketten på. Jeg holder øje med ham. Han slapper med det samme lidt mere af. Solen var hård for ham. Nu kan han slappe af i øjnene, og han falder lidt sammen i stolen.

Han tager en tår af sin øl. Jeg kigger rundt. Jeg kunne måske godt flytte en parasol over, så han fik skygge. Jeg rejser mig og begynder at bakse med parasollen. Henny rejser sig også for at hjælpe, hun ser, hvad jeg vil.

Henny kigger op på mig med tårer i øjnene.

- Tak.

Jeg nikker.

- Selvfølgelig.

Preben kigger på hende. Så rækker han ud efter hendes hånd. Hun kigger forbavset på ham, men tager fat i hans hånd og sætter sig.

- Undskyld, mumler han.

Hun læner sig over mod ham og giver ham et kram.

- Jeg ville bare gerne hygge mig med dig.

- Jeg ved det. Jeg har bare så helvedes ondt. Undskyld, at det gik ud over dig.

Hun kysser ham på kinden.

Jeg går ned i baren og bestiller fire fadøl. En til Else og mig, og en til Henny og Preben.

Jeg sætter dem bare foran dem uden et ord. Preben kigger op.

- Hvad fanden..?

- Du skal også have det lidt godt, ikk'? siger jeg og smiler.

Preben nikker. Henny smiler som for at sige tak til mig.

- Jamen, skål da, siger Else med løftet glas til de to foran, - må dagen kun blive bedre.

Jeg smiler. Else er fantastisk. Henny og Preben smiler tilbage til os og tager en stor tår af deres øl.

Øjeblikket efter sidder Preben og vipper med tæerne i takt til musikken. Jeg kan ane et smil i hans mundvig.

11. Hjælp

Anna kommer gående næsten i sine egne tanker. Kun næsten, for der er altid en eller anden form for orientering mod verden omkring hende. Den der vedvarende opmærksomhed, der kan være udmattende ind imellem.

Udmattende, men nødvendig. Ellers risikerer man at gå ind i nogen, sådan er det i København. Anna går som regel aldrig i en lige linje, hvis hun gik alene, ville man tro, at hun var beruset, men det er for at undgå at gå ind i alle dem, der netop virker til at satse på, at andre går udenom.

Men lige nu er der næsten så roligt, som det kan blive. Det er bare lige midt på en rolig gade på Østerbro. Og Østerbro er generelt mere afslappet end resten af landet. I hvert fald når solen skinner. Det er hendes opfattelse, og den hjælper hende til, at hun føler sig dejligt varm og afslappet. Hun kigger frem for sig, der er tomt. Hun kigger over på den anden side af vejen, der er kun nogle enkelte gående, et par, der går og snakker. Hun studerer boligerne igennem hækken, de er gamle, smukke og højtidelige, ingen grund til at tænke uro og ballade ind i dem. Hun ånder ud og smiler. Her er rart, lige her.

Solen varmer hendes kinder, Søerne er til venstre for hende, hun kan se den blå overflade, det er smukt. Hun nyder gåturen lige nu og her, hun er på vej til toget for at tage hjem til familien. Fra Østerbro, hvor hun har været på kursus, til Ørslev, en lille by sydvest for Køge. Meget lille by, faktisk, de er kun lige omkring 650 indbyggere.

Men hun elsker at bo der sammen med sin mand og to børn, og hun glæder sig til at komme hjem til den ro, som Ørslev kan prale af. Om halvanden time, hvis togene kører planmæssigt. Hun krydser fingre.

Hun kigger til højre, netop som hun passerer en lavere bebyggelse, der er kun to etager på husene. Hun kigger lidt ekstra på dem, hvad er det for noget? Hun kan se håndtag ved siden af dørene, til at gribe i. Hun kan se ekstra brede stier, der er helt lige, så ingen falder over ujævne flisekanter. Hun ser også forhøjede rækværk på altanerne. Det må være et plejehjem af en slags.

Er der mon nogen derinde? Hvor er der liv?

Hun ser fremad igen, koncentreret om sit endemål, familien. Hun smiler. Det er verdens bedste familie.

Så hører hun et råb.

Hjælp!

Hun sagtner farten og kigger rundt, kigger i retning
af plejeboligerne. Hun kan ikke se nogen. Men råbet
lyder igen.

Hjælp!

Og igen.

Hjælp!

Og igen og igen og igen.

Der er en, der er kommet til skade, tænker hun.
Overvejer, om hun kan hjælpe, selvom hun egentlig
virkelig helst bare gerne vil hjemad i en fart.

Hun ryster på hovedet og går videre. Der må være
noget personale, det er ikke hendes opgave.

Hjælp!

Hjæ-ælp!

Hun stopper, i tvivl. Hvad hvis der ikke er andre,
der kan høre kvinden, selvom det ikke helt giver
mening, synes hun. Hun kigger rundt. Der er tomt
omkring hende. Helt tomt på Østerbro i
solskinsvejret. Folk samles nok helt tæt ved vandet
på cafeerne.

Hun tager en dyb indånding og går tilbage for at
prøve at finde en vej ind til plejeboligerne, for at

forsøge at finde den, der råber på hjælp. Det lyder som en kvinde.

I retning af hende kommer to kvinder gående, den ene har en hund i snor ved siden af sig. Hun kigger spørgende på dem, men de ænser hende ikke, de er dybt optaget af deres samtale.

Hun forsøger at rømme sig. Ingen respons.

- Undskyld, så, at jeg sådan forstyrrer, men ved I, hvordan man kommer ind på området der? Der er en, der bliver ved med at råbe om hjælp.

- Nå, det, det skal du ikke tage dig af, det er bare de demente, der råber. De råber altid om hjælp. Især hende damen, der bor ovre på hjørnet, siger den ene dame, hende med hunden, og peger.

Anna kigger i retning af kvindens hånd. Jo, nu kan hun se kvinden, der råber. Hun står helt ude ved rækværket på første sal og råber. Hun holder godt fast i gelænderet.

- Men hun bliver jo ved med at råbe, igen og igen?

- Ja ja, sådan er det. Det er bare de demente.

- Men... Anna tøver, - men skal demente ikke også have hjælp, når de beder om den. Det er vel derfor, at de kalder, fordi de har brug for hjælp til et eller andet?

- Det ville gælde under normale omstændigheder,
men her taler vi jo om demente, de kan jo ikke
huske to sekunder. Det hjælper ikke at forsøge at
hjælpe dem, de har glemt det igen øjeblikket efter.

- Mener du det? spørger Anna vantro, - men hvad
hvis det nu var dig – eller en af dine forældre, der
stod der og kaldte på hjælp?

Damen ryster på hovedet.

- Jeg aner ikke, hvem kvinden er, men jeg ved, at jeg
ofte hører hende kalde, når jeg går tur med hunden
her. Det er altid det samme.

- Ja, det er da klart, hvis der aldrig er nogen, der
kommer og hjælper hende med det, hun har brug
for hjælp til!

Anna bliver sur nu, det er da ikke i orden. Man må
da kunne gøre noget, et eller andet.

- Hør, dame, jeg ved ikke, hvem du er, men jeg lufter
bare min hund, mens jeg sludrer med min veninde.
Jeg er ikke ansat derinde, heldigvis. Og nu må du
have os undskyldt, vi kan ikke lade os opholde af dig
længere. Farvel.

Anna kigger målløs efter dem. Er det sådan, det er,
man bliver immun overfor, at nogen kalder på

hjælp, også selvom den person måske aldrig får hjælpen og derfor bliver ved at kalde.

Anna kigger på kvinden. Hun kalder stadig. Der er nok gået i hvert fald et kvarter, og ingen har vist sig i hendes lejlighed.

Anna tager en beslutning og går ind på området. I dag er det hende, der hører det, så hun må forsøge at gøre noget. Også selvom hun virkelig gerne vil hjem. Man kan da ikke bare lade folk være, måske dag efter dag, uge efter uge.

Som Anna kommer nærmere kvinden, kan kun høre fortvivlelse i kvindens stemme. Hun lyder grådkvalt og træt.

Anna stiller sig nedenfor altanen, hvor kvinden står.

- Hej.

Kvinden stopper med at kalde på hjælp og kigger ned.

- Hjælp.

- Kan jeg hjælpe dig? Hvordan kan jeg hjælpe dig?

- Hjælp?

- Skal jeg komme op til dig, så vi kan snakke? Hvad har du brug for?

Kvinden kigger ned. Hun virker forvirret.

- Kan du åbne døren, så jeg kan komme ind til dig?

Kvinden ryster på hovedet.

Anna tænker, at kvinden måske ikke kan huske, hvordan man gør. Hvad skal Anna så gøre?

- Vent lige, jeg prøver lige at se, om jeg kan komme op til dig. Er det okay?

Kvinden nikker og smiler forsigtigt.

Anna går ind under altanen for at se, om døren er ulåst.

- Hjælp! begynder kvinden straks at kalde igen, da Anna er udenfor synsvidde.

Anna tager i dørhåndtaget. Det klikker, og døren glider op. Anna træder forsigtigt indenfor på måtten og tager skoene af. Så lukker hun døren efter sig, hvor der står Inge Madsen på skiltet.

- Halløj, kalder hun op ad trappen, Inge, jeg er kommet indenfor, jeg kommer op til dig nu.

Råbene om hjælp forstummer.

Anna skynder sig op ad trappen. Der står Inge, midt i soveværelset, helt fortabt og ligesom til overs i sin egen bolig. Hun ved ikke, hvad hun skal gøre med sig selv.

Anna går over til Inge og åbner sine arme.

- Vil du have et kram?

Inge træder et skridt frem og læner sig ind i Annas favn. Anna slår armene om hende og vugger hende blidt, men hun nynner den samme børnesang om og om igen, den hun altid sang for børnene, da de var små.

Sådan står Anna længe og holder om Inge.

12. Møde

Der er flyttet nogle ind i nummer atten. Huset har ellers stået tomt et par måneder, eller måske endda et halvt år, tiden flyver, men nu, nu er der nogle nye, der vil fylde det ud med møbler, musik, latter, liv.

Andreas beslutter sig for at gå en tur ned forbi nummer atten. Måske kan han se, hvem det er, der flytter ind.

Han trækker sine støvler på, mens han spekulerer over, hvad de mon laver, dem, der skal bo i huset. Det kræver en indsats at skrabe penge sammen til et hus i den prisklasse. Otte en halv millioner kroner. Men måske er de så heldige at have solgt noget, der er næsten lige så meget værd. Et andet hus, som er steget i værdi gennem de seneste ti år. Gratis opsparing, ligesom han og Lise selv havde frigjort, da de flyttede fra lejligheden og kunne købe en bolig herude. Ikke nok til et hus til over otte millioner, men alligevel en god sum penge. De er i hvert fald glade for at bo her.

Andreas tager skjortejakken på, den han er så glad for, julegaven fra Lise. Den er så blød indeni og perfekt til en dag som i dag, hvor vejret er mildt.

Andreas går ud i carporten, skræver over de lange planker, der ligger på tværs, de er i gang med at blive oliebehandlet, det er et stort projekt at bygge sin egen terrasse. Projektet er større, end han lige regnede med. Men det går jo nok alt sammen. Han bliver færdig en dag.

Det må dog gerne være denne sommer. Han ser det så tydeligt for sig, at han og Lise sidder på terrassen og nyder et glas rosévin med isterninger, det er indbegrebet af sommer, mens ungerne boltrer sig i poolen. Og lige om lidt skal de grille kyllingespyd og majskolber og noget brød, som Lise har lavet dejen til. Og salaten har hun også gjort klar, det er hun så god til. Der er jordbær i. Det bliver fantastisk.

Andreas skrår over vejen og går ned mod nummer atten. Ikke at han har tænkt sig at stoppe, han går bare forbi, lader som om han skal ned og handle... måske skal han lige gå ned og købe et eller andet snolder til i aften, det er jo fredag.

For så kan han lige forsøge at snige sig til et kig ind i haven, ind gennem vinduerne, hvis det er muligt. Hvem er det, der flytter ind i nummer atten. Er det nogle med børn, måske endda på alder med deres to børn? Eller nogle, der har de samme tanker og interesser som ham og Lise, så de kan mødes ind imellem og drikke en øl og spille kort eller sådan noget?

Andreas drømmer. Det kunne være fantastisk, om nogle på vejen var lidt ligesom dem. Men endnu ikke. De andre er bare klassiske parcelhusejere. Hvidt i hvidt, gråt i gråt, lækkergrønne græsplæner, ens havemøbler, det skal være flot, og det kan det bedst på en måde. Så deres huse ligner hinanden alle sammen. Andreas og Lise er outsiderne.

Andreas og Lise har valgt mursten, som er rødlige og ikke særligt dyre. De har heller ikke et interiør, der er hvidt med hvidt på. De har valgt at have farver, både på skabslåger gardiner og møbler. Det giver liv. En rigtig rodebutik af liv.

Andreas kigger op og hives ud af sine tanker. Der står en mand midt på vejen foran ham. Han står lige ud for nummer atten. Er han den nye ejer? Andreas har ikke set ham før, så måske. Manden siger ikke noget, smiler ikke. Andreas smiler til manden og siger hej.

Den anden mand kigger bare på ham, men fortrækker ikke en mine. Siger ingenting. Kigger bare. Underligt. Andreas trækker på skuldrene ad den mærkelige opførsel. Det er da underligt ikke at svare, især når man er ny på vejen. Men de er måske ekstreme og har tænkt sig at holde sig helt for sig selv.

Men hvordan kan man vælge ikke at svare, når man bliver tiltalt? Det begriber Andreas slet ikke. Det koster da ikke noget med et minimum af høflighed. Nå, pyt.

Han går videre. Ellers ærgerligt, at de nye på vejen nok heller ikke kan opfylde hans drøm om noget fællesskab i nærmiljøet for ham og Lise.

Han spekulerer videre, mens hans går. Måske er rygtet løbet dem i forvejen. Måske har nummer atten mødt de andre på vejen, og så har de snakket om ham og Lise, og de andre har fortalt om, hvor anderledes de er oppe i nummer fjorten, oppe for enden. Det ligger jo lidt afsides på grund af stisystemerne, der fylder mellem nogle af grundene.

Og måske taler de andre om, hvor meget det roder hos Andreas og Lise. Andreas kan faktisk godt se det for sig, at det er sådan, det er. Og han bliver trist, over ikke at have fået sin egen chance for at møde dem i nummer atten, men bare måske allerede at være afvist på forhånd baseret på andres vurderinger. Det er vel sådan, det er. Igen. For en smule rod midt i et byggeprojekt.

Og han bliver trist, over, hvor let det er at falde udenfor, og hvis bare han og Lise fik chancen. Men den er forpasset, det virker det til, så hurtigt denne gang.

Andreas føler sig trist, fordi han og Lise synes, og de er vistnok de eneste i verden, der har det sådan, at forskelligheder kan være en styrke og gøre livet og relationerne mere interessante.

Og hvor er nysgerrigheden egentlig blevet af? Modet? Lysten til at prøve, bare en enkelt gang?

Han ryster skuffet på hovedet. Er han og Lise så forfærdelige? SER de simpelthen frastødende ud?

Og så spekulerer han på, om det egentlig er ham, der er mest fordomsfuld og den værste af dem alle til at afvise andre, der er anderledes end ham og Lise. Eller om han bare forsøger at passe på sig selv, eller om det faktisk kommer ud på et.

Og han går fortsat ned mod den lille købmand i deres landsby, som har lige det, man står og mangler, men til en højere pris, Men det er okay, det gør ikke noget, ikke i dag.

Og han er helt væk i sine egne tanker, da han hører en stemme i nærheden.

- Halløj. Hej.

Andreas blinker med øjnene som for at vågne og ser sig omkring. Der står en mand i en have, det ligner, at han er ved at rive blade sammen, for han står med en løvrive.

Andreas kigger afventende. Var det ham, der sagde noget før? Og til hvem? Andreas kigger rundt. Der er kun ham at se her.

- Hejsa, siger manden og smiler.

- Øh, hej, svarer Andreas og går straks i gang med at undre sig. Manden bor fire veje væk fra deres vej, men meget tæt på købmanden. Hvorfor tiltaler han Andreas?

- Ja, altså, vi er lige flyttet ind... Vi kender ikke rigtigt nogen endnu... Jeg er i gang med at prøve at få styr på haven...

- Jaså, siger Andreas høfligt, er der meget at se til?

- Ja, det tør siges. Der er vist ikke gjort noget ved den i lang tid, så der er en del, der skal klippes ned og skæres til. De har vist haft køkkenhave herinde og en masse forskellige bede. Ved du noget om sådan noget?

Andreas smiler for sig selv.

- Ja, det gør jeg faktisk, for vi har selv køkkenhave, en ret stor en, faktisk, jeg bor oppe på Æbleskellet. Min hustru passer også bedene med stauder. De fleste af dem er spiselige.

- Nå da, det lyder spændende. Det ville jeg gerne lære om. Men jeg har ikke lyst til at hyre en eller anden dyr gartner. Jeg forestiller mig, at ekspertisen er til rådighed her i byen.

- Jamen, der er en ganske velfungerende facebookgruppe for landsbyen, det er da muligt at skrive derinde, udbryder Andreas og undrer sig over, at han er afvisende overfor manden, når nu han lige har sagt, at køkkenhave er noget, han har forstand på.

- Ja, det ved jeg, jeg er medlem. Men jeg tænkte mere... nu har jeg jo hilst på dig. Du virker som et behageligt menneske. Har du lyst til at bidrage med din viden en dag?

Andreas mærker pludselig, hvordan solen varmer ham i dag. Eller er det varmen fra en invitation, eller en næsten-invitation, fra en her i byen. Det, som han og Lise har ventet på, siden de flyttede ind. Det ville i så fald være den første invitation, han har modtaget. Andreas tænker på alle de invitationer, som han og Lise har givet uden at få nogle besøg ud af dem. Folk har travlt med deres egne venner og familier og børnenes klasser, der skal plejes og selvfølgelig arbejdet, der trækker ud, for ikke at glemme alle ferierne, som skal nås.

Andreas nikker.

- Det kan jeg sagtens. Det ville faktisk være mig en fornøjelse. Jeg kan virkelig godt lide at bruge tid i haven.

Den anden nikker og stikker hånden frem over hækken.

- Jeg hedder Lasse.

Andreas tager hans hånd.

- Hej, Lasse. Jeg er Andreas og gift med Lise.

- Andreas og Lise. Min kone hedder Alberte. Vi har to børn, der hedder Asbjørn og Anna. De er 10 og 12 år.

- Virkelig? Går de på den lokale skole?

- Nej, de er ikke startet i skole endnu, vi skal lige finde den rette, vi er ude at kigge. Det er lidt svært med folkeskolerne, det er et stort lotteri, om det kommer til at fungere.

- Ja, det er jeg fuldstændig enig i. Vi har også to børn på samme alder, de hedder Loke og Thea. De går heller ikke i skole lige nu, vi er... mellem skoler hvis man kan sige det sådan.

Lasse nikker.

- Det kan man godt. Vi kender det. Skoler i dag er ikke for børn.

- Nej, du har ret.

- Hør, skynder Lasse sig at tilføje, det virker som om, at vi har ting tilfælles, det med køkkenhave og børn på samme alder. Skulle vi ikke mødes og grille i aften?

Andreas måber. Hørte han rigtigt? En anden familie, der har lyst til at ses? Virkelig? Endelig sker det, også for ham og Lise – og børnene?

- Jo, vi har faktisk planlagt at grille i aften. I kan da komme op til os? Så kan I se vores køkkenhave og få lidt inspiration med hjem. Hvordan lyder det?

Lasse nikker igen.

- Det lyder rigtig godt. Den er vi med på, det ved jeg, at jeg roligt kan sige for os alle fire. Hvad tid?

Andreas kigger på sit ur, som om det kunne give ham et svar. Han overvejer det kortvarigt.

- Lise er hjemme fra arbejde klokken fire og tager børnene med på vejen. Såeh... hvad med klokken fem?

- Helt perfekt, det kan vi godt. Hvad skal vi tage med?

- Jamen, ikke noget. Jeg er på vej ned til købmanden, så jeg kan lige supplere aftensmaden med et par poser pølser og sådan.

- Okay, men jeg insisterer på, at vi tager nogle drikkevarer med, og vi når garanteret også at lave en pastasalat. Børnene kan være lidt selektive, især første gang et fremmed sted.

- Det kender jeg. Helt fint, Lasse. Det bliver godt, en god aften, det kan jeg mærke. Andreas er helt opstemt og kan ikke vente med at ringe til Lise og fortælle det.

- Skal vi ikke lige udveksle telefonnumre, bare sådan *just in case*?

- God ide, samtykker Andreas og fisker sin telefon op af lommen for at indtaste Lasses nummer.

Derefter går Andreas mod købmanden i betydeligt bedre humør end før. Sikke en god oplevelse. Han er nærmest helt høj. Det føltes godt. Han kan ikke vente til i aften. Han har en rigtig god fornemmelse omkring det hele. Han begynder at fløjte, mens han taster nummeret til Lise.

- Hej Lise, nu skal du bare høre... siger han grinende.

13. Anden sal

Nanna har ondt i maven. Hun har det virkelig ikke godt. Hun er hoppet af cyklen og har stillet sig ind i en port lige efter Spar, hun var på vej hjem fra skolen, da det ramte hende.

Hun har været med til at drille Ingeborg i dag. Det har hun aldrig gjort før, selvom der er nogle piger, der altid er efter Ingeborg.

Nanna mærker en klump i halsen. Hvorfor gjorde hun det? Det kan hun slet ikke svare på, uanset hvor meget hun leder efter et svar indeni sig selv. Hvorfor kunne hun finde på at gøre sådan?

Hun gjorde det endda sammen med de andre piger, og dem tager hun ellers normalt afstand fra, forsøger at undgå dem. Deres måde at snakke på, deres energi, alt omkring dem er hårdt og anspændt. Det er alt for svært at være i nærheden af. Hun kan blive helt forpustet bare ved tanken om det. Men hvorfor gjorde hun så, som hun gjorde i dag?

Nanna ryster på hovedet og kigger ud ad porten. Hun har ingen ide. Hun ved ikke, hvad der gik af hende. Hun mærker en følelse af frygt stige op i sig, så hun får kvalme. Hvis hun kan gøre sådan her uden at vide hvorfor, så kan hun vel finde på det igen?

Ingeborg gik grædende hjem fra skole efter spisefrikvarteret. Nanna stod og så efter hende, mens hun kunne høre pigerne grine højt og kalde navne efter Ingeborg. Nanna stod bare musestille, mens det gik op for hende, hvad det var, hun lige havde deltaget i.

Mobning. Det taler de meget om i skolen og derhjemme. Om hvorfor der er nogen, der gør sådan, og hvem, der ikke gør sådan noget. Nu er Nanna også sådan en, der mobber.

Hun får lyst til at græde, så flov er hun. Bare mor ikke får det at vide. Mor bliver sur, det er klart. Nanna forstår det godt. Mor og Nanna taler også meget om mobning, og hvordan man er gode ved hinanden.

Nanna synker sammen, glider ned på jorden. Jorden er kold, det er dejligt at sidde i skyggen. Hun kigger ud i solen, det gør ondt i øjnene, så de næsten løber i vand. Eller måske græder hun, ligesom Ingeborg.

Nanna mærker tydeligt mavepinen. Kvalmen er forfærdelig. Gad vide, om Ingeborg også har mavepine?

Noget får Nanna til at dreje hovedet, der går nogen forbi ude på fortovet. Nanna kigger. Det er jo Ingeborg. Hun går med sænket hoved, lige forbi, tæt på Nanna, men uden at se hende. Nanna sidder i skyggen og er svær at få øje på udefra.

Nanna rejser sig halvt op. Skal hun..? Nu kan hun ikke se Ingeborg længere, hun er gået forbi. Hvor er det nu, at Ingeborg bor henne? Er det på denne vej?

Nanna griber sin cykel og går ud ad porten. Der går Ingeborg, næsten lige foran hende. Hvor er det, hun bor henne? Nanna har aldrig besøgt Ingeborg, selvom de går i klasse sammen, men mor har peget, hvis de er kørt forbi. Nanna har mest leget med Ilse og Helene fra klassen.

Ingeborg drejer om hjørnet. Julius Madsens Vej står der på skiltet. Nå, så er det nok der, hun bor. Nanna går efter Ingeborg.

Hun tænker, så det knager. Hvorfor går hun efter Ingeborg? Hvad vil hun egentlig? Kvalmen kommer igen, for sit indre blik ser hun Ingeborg forlade skolen, helt trist og ked af det. Nanna har så dårlig samvittighed, at det gør ondt på hende. Hvordan mon så Ingeborg har det?

Ingeborg fisker en nøgle op af lommen og låser sig ind i nummer otte. Nanna skynder sig efter hende,

stiller cyklen ved muren og når lige at skubbe til
døren, inden den lukker helt i.

Nanna kan høre Ingeborg gå op ad trappen. Nanna
står bare helt stille. Hvad skal hun gøre? Kan hun
overhovedet nogensinde snakke med Ingeborg igen?
Kan hun se på hende i morgen i skolen? Nanna kan
mærke, hvordan flovheden fylder virkelig meget i
hende. Hvorfor er de andre piger ikke flove, de gør
sådan her hver dag?

Nanna tager en dyb indånding og begynder
langsomt at gå op ad trappen. Deroppe et sted kan
hun høre en nøgle låse en dør op, derefter smækker
døren. Var det til højre eller venstre? Nå, Nanna må
prøve sig frem.

Hun sætter det ene ben foran det andet, ikke tænke,
ikke mærke, bare gå op ad trappen.

Men så er hun oppe på øverste etage, anden sal, og
Nannas hjerte begynder at hamre hårdt og hurtigt i
brystet på hende. Hun er nervøs, faktisk virkelig
bange. Bange for Ingeborg og hendes reaktion.
Hvorfor er hun gået herop?

Men Nanna kan bare gå ned igen, cykle hjem og
lade som ingenting. Så er der ingen, der ved, at hun
har været her. Så falder hun nok til ro igen.

Nej. Nanna vil ikke være sådan en, der mobber. Nu har hun gjort det, en gang, men aldrig mere. Det gør alt for ondt på hende selv at se modtageren blive ked af det. Det går ikke. Hun må tage sig sammen. Ingeborg er også ked af det.

Nanna tager en dyb indånding og banker på døren til højre.

Hun kan høre skridt derinde, lette skridt, som nok tilhører en pige i fjerde klasse. Nannas mave gør ondt, hun blinker med øjnene, hun har lyst til at græde, det er svært, det her.

Døren åbner, og der står Ingeborg. Hun gør store øjne, da hun ser, at det er Nanna.

De to piger står og kigger på hinanden uden et ord i hvad, der føles som en evighed. I virkeligheden går der bare tre sekunder.

- Undskyld, hvisker Nanna, - jeg gør det aldrig mere. Undskyld.

Tårerne triller ned ad Nannas kinder. Hun har det helt forfærdeligt dårligt og ville ønske, at nogen ville give hende et kram. Hun er bare en lille pige, og det er svært lige nu.

Ingeborg står stille, som om hun er blevet til sten. Nanna kigger bedende på hende, trygler hende om tilgivelse med øjnene.

- Undskyld, Ingeborg, jeg ved ikke, hvorfor jeg gjorde det, men jeg gør det aldrig mere, hulker Nanna, - jeg kan ikke holde ud, at jeg gjorde dig ked af det.

Ingeborg lukker døren lidt til. Hun er såret og kan ikke finde ud af, hvad hun skal stille op med Nanna lige udenfor der, hvor hun bor.

Nanna bliver opmærksom på en lyd i opgangen. Der er en anden på vej op ad trappen.

Nanna gemmer ansigtet i hænderne og græder. Der kommer en kvinde op ad trappen til anden sal.

- Mor, udbryder Ingeborg og løber forbi Nanna og kaster sig i kvindens arme.

- Men søde skat, hvad er der dog sket?

Ingeborg græder ind i sin mors mave, så der kommer en våd plamage på maven. Nanna græder om muligt endnu højere, for hun ville sådan ønske at have sin mors arme omkring sig lige nu.

- Ingeborg, skat, kom. Og hvem er det, der sidder her? Er det en, du kender?

Ingeborg nikker svagt. Hun forsøger at gemme sig bag sin mor, så langt væk fra Nanna som muligt.

- Åh, sødeste Ingeborg, hvad er der sket, siden du er ked af det, skat?

Nanna kigger op på Ingeborgs mor.

- Det var mig.

- Dig? Hvad var dig?

Nanna synker. Hun kan ikke fortælle det. Det er så flovt.

Ingeborgs mor kigger på begge piger, men kan ikke regne ud, hvad det handler om.

- Går I da i klasse sammen?

Ingeborg nikker og skuler over mod Nanna.

- Nå, vi må jo se, om vi kan løse det her. Det tror jeg godt, at vi kan. Kom du med indenfor, så laver jeg noget kakao, og så kan I fortælle mig, hvad der er sket. Kom med. Det er okay. Kom, Ingeborg, så finder vi ud af det sammen.

Ingeborg nikker og holder godt fast i sin mor. Nanna kigger op på Ingeborgs mor. Hun har rakt armen ud for at tage Nanna i hånden. Og hun smiler til Nanna.

Nanna hulker igen. Ingeborgs mor holder op med at smile, når hun finder ud af, hvad Nanna har gjort mod Ingeborg.

Nanna kan ikke smile. Men Ingeborgs mor virker sød. Nanna rækker armen frem og får hjælp til at komme op og stå.

- Kom du med, så vi kan finde ud af, hvad det her er for noget.

Nanna træder indenfor der, hvor Ingeborg bor. Det virker som et rart sted at bo.

14. Modig

Så er den der igen, den der faretruende stilhed, som hun ikke kan regne ud, hvad indeholder. Den har lagt sig som en tung dyne i hele huset, den holder alting nede, selv åndedrættet er tilbageholdt.

Hun gisper efter vejret, som om hun er nødt til at være bevidst om at trække vejret, ellers glemmer hendes krop at gøre det. Hendes ører forsøger at opfange den mindste lyd, det tager al hendes koncentration.

Og hvor kom stilheden fra?

Åh jo, hun ved præcis, hvor den kom fra denne gang. Hun formastede sig til at sige højt, at hun havde iagttaget, at hans alkoholforbrug var steget en del gennem det seneste år.

Egentlig ville hun bare passe på Lars, finde ud af hvorfor, og om hun kunne hjælpe ham. Men han blev vred. Igen. Ligesom sidste år, hvor hans forbrug af de våde, dulmende varer også steg langsomt, men støt, i forhold til forrige år. Så daler interessen hurtigt for at hjælpe ham. Trods alt. Fordi hun må beskytte sig selv. Forsøge på det som minimum. Selvom hun ikke har den fjerneste ide om, hvordan hun skal gøre det. Hvordan beskytter man sig mod sin ægtemand, i medgang og modgang?

Så nu sidder hun altså her. Igen. Nu er hans alkoholforbrug højere end det anbefalede fra sundhedsmyndighederne i langt de fleste uger. Er det dårligt? Er det fint nok?

Sørine er bekymret. Over to ting: At han drikker mere, for meget, og at han bliver vred, når hun forsøger at italesætte det.

Ham, som hun altid har kunnet tale med om alting. De to, en ubrydelig enhed, som kunne ligge og hviske om alt mellem himmel og jord halve og hele nætter. Ham, som hun har betroet ting, hun aldrig ville fortælle til andre, ikke engang Jeanette, hendes bedste veninde gennem femogtyve år.

Hvad er der sket mellem dem? Hvorfor er alting så anderledes? Er det lige så anderledes for ham, som det er for hende?

Hun sukker.

Så farer hun sammen. Hoveddøren blev smækket hårdt i. Lars er gået fra huset i vrede. Han smækkede døren så hårdt, han kunne. Det har han heller aldrig gjort før. Gad vide, hvor han er gået hen? Bilen blev ikke startet, så han ER gået. Han var også fuld, men ikke så fuld, at han ikke kunne vurdere sin egen tilstand. Trods alt.

Hun tænker på børnene. De er hos venner og skal hentes om en times tid. Hvad gør hun så, hvis han ikke er kommet hjem til den tid? Hun har ikke kørekort, og det tager et par timer rundt med bus, så får de først aftensmad efter klokken otte, hvis hun da kan nå at tilberede noget. Det bliver rent ud sagt umuligt at få til at fungere. Skal hun forsøge at ringe til ham? Tør hun? Eller skal hun prøve at ringe til sine forældre, de bor forholdsvis tæt på, måske kan de hjælpe i dag? Men de har så travlt, især i weekenderne, så de har sikkert allerede gang i deres arrangementer. Hvad så med hans forældre? De er søde og bor to veje væk, men det er oftest dem, hun ringer til. Kan hun tillade sig at ringe igen?

Hun er bevidst om, at hun kan risikere at stille deres søn i et dårligt lys, og det føles sårbart, hun bliver alt for udsat af det, så har de magten, selvom hun ikke mistænker dem for at ville bruge den på en dårlig måde. Men alligevel. Det er jo deres søn. Magt er en joker i de fleste relationer – hvornår kommer den i spil?

Kan hun så henvende sig med en bekymring? Det er jo også deres børnebørn, som ikke kan få aftensmad, og hun ved, at de elsker deres to knaldperler himmelhøjt.

Hun sukker igen, træt helt ind i knoglerne. Det er som om, at hun holder sammen på noget, en hel masse, som hun ikke længere kan holde om. Det er vokset og blevet for stort, for tungt, for svært. Hun forstår det ikke. Hun forstår det bare overhovedet ikke.

Hvorfor er han ikke kommet for at tale med hende? Er hun da ikke til at tale med? Har HUN forandret sig? Siden hvornår?

Okay, alle forandrer sig gennem livet. Det er fair nok. Men så meget, at de slet ikke kan tale om tingene længere? Hvor er ærligheden? Og lysten til at tale? Hvad skete der, som forandrede det?

What the fuck altså!? Det burde ikke være så indviklet, det der kærlighed. Det burde være nemt, ukompliceret og bare virkelig rart. Kun med små udfordringer, som er forholdsvis lette og hurtige at løse. Er det her en lille udfordring, som er let at løse? Sammen?

Det føles overhovedet ikke sådan. Det er ligesom skredet, det hele. Det gjorde det i dag, da han bare gik sin vej. Der skred det hele, i hvert fald for hende. Hvad er det, der er skredet for ham på det seneste, eller for lang tid siden? Hvornår?

Sørine begraver ansigtet i hænderne. Det føles uoverskueligt, alting føles for svært lige nu. Hun spekulerer som en gal, kigger på uret, tiden går, hvad skal hun gøre? Hvad med børnene?

Men noget skal der ske, det er der nødt til, børnene henter ikke sig selv. Hun ender med at ringe til Asta, den venlige, men bestemte svigermor. Hun er egentlig fantastisk sød, de er bare ikke altid enige om tingene, men går det ikke fint nok alligevel? Sørine håber, at Asta er mere venlig end bestemt i dag.

- Hej Asta. Jeg... Det... Altså...

Sørine kan ikke få det sagt, alle de tanker, der suser rundt i hendes hoved, alle de følelser, der farer gennem kroppen. Hun sætter sig ned på entregulvet og græder.

- Sørine, jeg ved det. Det er Lars, ikke? Jeg ved det. Han er her nu. Jeg så ham gå forbi ude på vejen, så jeg gik ned og fik ham med ind. Han fortalte lidt, brokkede sig, men han er jo fuld. Han sover i gæsteværelset lige nu.

Sørine giver slip. Lige meget hvad der sker, så er det som om, at der ikke kan komme noget godt ud af det længere. Hun kan ikke se en eneste god vej ud af det her. Ikke længere. Sørine hulker ind i telefonens højttaler, pludselig kan hun slet ikke styre tårerne, klumpen i halsen, al den uro, der bor nede i maven hver dag.

- Årh søde Sørine, det er helt okay. Jeg forstår dig. Har du brug for hjælp lige nu? Skal jeg komme over?

Hun er faktisk virkelig sød, svigermor. Hun er nu god nok. Lige nu har Sørine brug for ikke at føle sig alene, og Asta er rar at snakke med.

- Børnene..., snøfter Sørine.

- Ja? siger Asta spørgende.

- Jeg kan ikke hente dem. Jeg kan ikke nå det med bus.

- Nej, det forstår jeg. Skal jeg komme over og hente dig, så kører vi ud og henter dem? Du vil gerne have dem tæt på, ikke?

Sørine nikker.

- Bare bliv, hvor du er, jeg kommer med det samme. Jørgen holder øje med Lars.

Sørine lægger på og synker sammen. Åh, hvor er hun glad for, at Asta forstår og gerne vil hjælpe. Sørine føler sig lidt mindre alene lige nu, og det hjælper lidt på det hele, før så alting kulsort ud.

Sørine rejser sig og går ud og tager en tår vand. Hun står og stirrer ud ad vinduet, falder helt i staver, tom for ord, hun er uendelig træt af at holde sammen på det hele gennem alt for lang tid, at skjule det, især bekymringerne, hun har brug for en pause.

Så ringer det på døren. Det må være Asta. Sørine går med slæbende skridt ud og åbner, og med et hej træder Asta et skridt frem og omfavner Sørine i et langt kram.

- Min søde, stærke svigerdatter. Jeg vidste ikke, at det stod så slemt til. Hvor er du sej. Jeg skal nok hjælpe dig. Du skal ikke stå det her igennem alene. Hvad der skal ske med Lars, ved vi ikke, men noget skal der ske. Det her er jo ikke holdbart. Han har det ikke godt, du har det ikke godt, og børnene har det ikke godt. Ja, noget skal der ske.

- Tak, mumler Sørine ind i skulderen på Asta.

Asta nikker.

- Selvfølgelig.

15. Et øjeblik

Hun skulle bare lige til lægen med sin dreng. Et kort besøg, sådan var det forventet. Han havde noget med øjet, ikke noget af betydning, det forventede hun bestemt ikke. Det kunne maksimalt tage fem minutter at komme ind, lægen ser på øjet, lægen udskriver en recept, tilbage i skole med søde sønnike, Alfred.

De står i venteværelset hos lægen. Ja, står, for der er mange mennesker, og drengen bryder sig ikke om for mange tæt på. Så ja, de står i venteværelset. Indimellem går de lidt ud, for der er altid varmt i venteværelser, og udenfor er der lidt vind, og det er rart på en varm dag.

De har en tid tyve minutter over elleve. Fordi lægen er lidt forsinket, da hun ringede ind om morgenen, fik de at vide, at de skulle være der kvart over. De venter, Alfred er utålmodig. Mor tager ham med ud igen, viser ham blomster, der vokser jordskokker med fine, gule blomster i den anden ende, sludrer lidt om biologi, mor er vel biolog, hun giver ham en svingtur på parkeringspladsen, selvom han egentlig er for stor, men pyt. De hygger sig. Sådan går tiden så langsomt af sted, mens de hygger, så godt de kan med at få noget godt ud af ventetiden.

De går indenfor igen. Hænger ud ovre under hattehylden. To læger krydser gangen og går ind i det samme konsultationsrum. Noget i luften ændres, siver ud af rummet lige så stille i sprækken mellem døren og karmen.

Sygeplejersken kommer roligt og næsten ubemærket gående ned ad gangen med kufferten, hvorpå der står GENOPLIVNING. Hun går ind gennem døren til samme rum, som de to læger lige har entreret. Selvfølgelig.

Øjeblikket efter kommer hun roligt og kontrolleret ud igen, ingen hastværk, ingen grund til panik, hun beder sekretæren ringe 1-1-2, lavmælt. Tag det helt roligt. Ingen grund til panik. En af lægerne i rummet kommer ud og annoncerer en yderligere forsinkelse, da en patient er blevet utilpas.

Mor nikker og hvisker til Alfred, at der kommer en ambulance her snart.

"Hvorfor?" spørger han, det er rart at lytte til mors ord, når mor fortæller, så hvorfor er et godt spørgsmål, det afstedkommer mange ord.

"Der er en her hos lægen, der ikke har det så godt, så de har ringet efter ambulancen. Så vi bliver også lidt mere forsinkede, fordi de skal bruge lidt mere tid på det. Men det er okay, der er en, der har mere brug for hjælp lige nu end os."

Alfred og mor går udenfor igen, der er knap så varmt, og nu skal de jo vente ekstra.

Mor overvejer at tage hjem igen og give lægerne, hele huset, alle de andre, lidt ekstra tid og plads. Et betændt øje i forhold til, hvad der sker, når man ringer 1-1-2, så kan øjet godt vente til en anden dag. Så slemt er det ikke, måske går det over af sig selv.

Mor overvejer.

Men nu er de her, så hun bliver lidt endnu.

En læge kommer ud fra rummet, hvor en patient er utilpas, og kalder på Laila. En pårørende, en hustru, tænker mor. Hun ser efter kvinden. Ved Laila godt, hvad der er på færde, eller har hun siddet i sine egne tanker i hjørnet af venteværelset, læst et blad måske, en rar artikcl om hvordan man passer bedst på haven i august måned?

Alfred er utålmodig igen. De går udenfor, og mor giver ham endnu en svingtur i sine arme. Det er sjovt, de griner højt. Kan man grine, når ambulancen er på vej til en anden patient hos lægen?

Så hurtigt livet kan skifte.

Gad vide, om Laila får sin mand med hjem i dag,
eller om han skal indlægges, eller om han - lad det
ikke ske - dør i dag. Måske fejlede han noget, og de
kom til lægen, men ikke helt tids nok, men mor
håber, at det er tids nok. Kommer ambulancen
snart? Gad vide, om Laila kan køre med i
ambulancen. Hvordan lever man videre efter sådan
et chok, hvis det da bliver ved chokket? Vil døden da
altid ånde en i nakken? Vil man konstant spekulere
på, hvordan man forhindrer, at det sker igen? For
det er ikke tid i dag. Det er aldrig tid til at dø.

Er der nogen, som Laila kan være sammen med i
dag, eller skal hun hjem til et tomt hus? Måske bor
deres børn, hvis de har nogen, langt væk. Måske
skal de arrangere begravelse. Mor sukker og giver
Alfred et kram, for det har hun brug for lige nu.

Laila kommer ud fra rummet.

Mor kigger på hende. Laila er tydeligvis ked af det
og chokeret. Efter Laila kommer ambulancefolkene
gående med en båre mellem sig. En krop ligger på
båren, ansigtet og kroppen er tildækket. Så er han
død, så er der ikke mere at gøre.

Mor kan se, at Laila er rådvild, hun er ligesom gået i
stå lige foran døren. Det var ikke det, der skulle ske
ved dette lægebesøg. Det var ikke tid nu. Det var jo

bare et tjek af det sædvanlige, alle de almindelige ting, blodtryk, en blodprøve, den slags banaliteter, og så en vaccination. Det har jo set fint ud hver gang, er gået fint med de tidligere vaccinationer. Hvorfor ikke denne gang så?

Mor træder forsigtigt et lille skridt frem og tager Lailas hånd. Forsigtigt hvisker hun, fordi hun har en klump i halsen, er berørt af situationen:

"Har du nogen at være sammen med nu?"

Laila kigger på mor, skræmt, forstenet, og ryster så på hovedet. Nej, der er ikke nogen. Hun har ikke nogen. Naboen er ude at rejse. Børnene bor i Jylland, langt oppe nordpå. Laila og hendes mand, nu forhenværende siden for meget kort tid siden, så dem sjældent, de havde travlt med deres egne familier og vennerne. Laila kan ikke engang komme hjem, det var manden, der havde kørekort, og ikke hende. Hun kan ikke finde ud af, om hun har lyst til at komme hjem, er det overhovedet hjem længere, nu hvor det bare er hende.

Hun græder lydløst.

Mor nikker og klemmer hendes hånd.

"Jeg vil gerne hjælpe. Du kan køre med mig efter ambulancen, bare til at starte med. Vi passer på dig.

Kom, Alfred, lægen kan se dit øje i morgen. Det her er vigtigere."

Mor siger til ambulancefolkene, at de vil køre efter dem til hospitalet. Og mor giver sekretæren besked om, at de ringer i morgen for en ny tid og tager med enken for at passe på hende. Sekretæren nikker og tørrer tårer væk fra øjenkrogen og kinderne.

Mor går udenfor. Der står Laila, hun er gået helt i stå igen. Ambulancefolkene er ved at sætte sig ind i bilen.

Mor siger, at de lige skal vente et par minutter, så vil mor, Laila og Alfred følge efter dem. De nikker og smiler imødekommende.

"Kom, Laila", siger mor, og følger hende hen til bilen. Ind på bagsædet med Alfred og ind med Laila på forsædet. Mor tilbyder Laila en juicebrik, der egentlig var til Alfred, men Laila har måske mere brug for den.

"Jeg skylder dig en juice, min ven", siger mor og smiler til Alfred. Alfred nikker fra bagsædet og tager hul på sin madpakke og byder Laila en spegepølsemad. Laila tager også imod den, men sidder bare med den i skødet.

”Tag en tår af juicen”, inviterer mor.

Laila drikker pligtskyldigt.

"Laila, du er altså velkommen til at køre med os
hjem bagefter. Jeg ved godt, at du ikke kender os,
men vi vil gerne hjælpe. Vi har tid og plads, og så
kører vi dig hjem, når du synes. Jeg er ikke meget
for, at du skal være alene."

Laila nikker.

Som et øjeblik kan forandre alting. Laila lukker
øjnene, hun orker ikke rigtig noget, orker ingenting.
Hun vil ikke være her, ikke være med mere.

Hun tager en bid af den mad, drengen gav hende.
Bare for at gøre et eller andet. Det er lige meget.
Den er salt, en mad med spegepølse. Det har hun
altid godt kunne lide.

Kan hun lide det nu? Efter det her? Hende og Søren
delte altid en stor tallerkenfuld spegepølsemadder
om søndagen, når de havde været ude på gåtur. Med
rå løg, agurker og sky. Det smagte fantastisk. Fordi
hun delte dem med Søren. Det var ham, der skar
løg. Hendes øjne løb altid sådan i vand.

Det gør de igen. Tårerne triller ned ad Lailas kinder.

Laila sukker dybt. Mor aer hende på kinden.

"Vi passer på dig, så godt vi kan."

16. Under træet

De skynder sig, det gælder næsten dem alle
sammen. Dem, der fejlvurderede vejret eller slet
ikke skænkede det en tanke og derfor er kommet af
sted til deres første møde med måske selveste
kærligheden uden det tøj på, der passer til vejret.
Men iført det sæt tøj, der er passende for et møde
med selveste kærligheden.

Som hende udenfor - jeg kan se hende fra mit
vindue i soveværelset ovenpå - i kort nederdel, lys
skjorte og ingenting til at beskytte sig mod regnen
med.

Mennesker får altid så travlt med at komme ind
under den nærmeste markise, der er rullet ud, eller
det nærmeste større træ, der kan give lidt ly for de
store, våde dråber. Der står de så og venter,
utålmodigt. Altid utålmodigt.

Og allerede, når de har ventet i blot ti sekunder,
føles det som flere minutter, og de er så utålmodige,
tripper allerede efter at komme videre, at komme til
tiden til deres aftale med måske selveste
kærligheden, at komme dertil, hvor deres hjerter
længes hen.

Når det drejer sig om selveste kærligheden,
stævnemøder, to mennesker, der falder for
hinanden, så kan man ikke vente. Man falder
hastigt. Lige så pladask, som de regndråber, de
begge skal igennem, før de kan møde hinanden.
Men regnen bliver ubønhørligt ved, regnen er
ligeglad med måske selveste kærligheden eller
måske bliver kærligheden endda lidt smukkere af
lidt regn, måske er det et tegn på lykke og held, at
det regner, når man skal møde sin udkårne.

Og den unge kvinde under træet begynder så småt
at fryse, fordi hun ikke har en ekstra trøje med. I
regnvejret er en kort nederdel og en tynd skjorte
ikke nok til at holde varmen, og hendes måske
kommende såkaldte bedre halvdel er her ikke til at
varme hende, han er på vej hen til deres aftalte
mødested i sin ende af byen, langt fra hende.

Og hun sender ham en sms for at fortælle, at hun
bliver lidt forsinket på grund af regnen, men at hun
skynder sig, alt hvad hun kan. Og han svarer tilbage
næsten med det samme, fordi han ikke vil lade
hende vente, og fordi han ikke kan vente med at se
hende igen, at han vil vente på hende resten af
dagen, hvis det skal være. Og tilføjer så efter et
øjeblik, at han da kan møde hende, hvor hun er, hvis
hun synes, det er en god ide. Og hun smiler og

takker ja og mærker glæden og forventningen boble
så dejligt nede i maven.

Og hendes skuldre sænkes, og pludselig er det lige
meget, at tøjet er vådt, og make up'en er gledet lidt
ud, så hun har sorte striber på kinderne. For om lidt
kommer han her og møder hende under træet, og så
går de måske sammen hjem til hende.

Hun ser så glad ud. Forventningsfuld og fuld af håb.
Og kærlighed.

Og så er der dem, der skal til møde med en vigtig
kunde, der skal man også være der til tiden, helst
lidt før. Det sker også nu, regn har det med at
forstyrre en masse mennesker. Og i sådan et
kundemøde spiller kærligheden ikke den store rolle.
Det skulle da lige være kærligheden til penge, men
det har jo intet med kærlighed at gøre, hvis vi nu
skal være ærlige.

Og man er vel metroseksuel i København, så man
cykler da, selvom man skal til møde i forbindelse
med sit arbejde. Det er smart, hipt, og måske kan
det naturlige og økologiske i at cykle gøre, at kunden
siger ja til aftalen, ja til købet, ja til det kommende
partnerskab. Fordi man har udvist den rette
indstilling ved at vælge cyklen.

Og ærmerne er smøget helt rigtigt op, og bukserne
er af hør, lyse og luftige, som det hører sig til, når

man færdes på cykel i København. Og den lyse lædertaske er skødesløst lukket, selvom der er både computer og trådløs printer i, men det kan man da godt have med på cyklen, der er jo ikke så langt til tingene her i København. Det er bare afsindigt hipt at cykle rundt til alting i København.

Når solen skinner, i hvert fald.

Men når så regnen rammer, så må de springe for livet, både deres eget og deres elektroniske udstyrs elektroniske liv, for en lille smule uvejr kan slå selv den sejeste sælger ud, hvis elektronikken ikke fungerer. Og lædertasken er smart og helt rigtig, bare ikke på en regnvejrsdag, for den er ikke vandtæt, fordi lukkemekanismen er så hip, men slet ikke praktisk.

Så de står under det samme træ, pigen, hvor forelskelsen flyder i hendes årer, og den unge mand, som er på vej til et møde, men står på den anden side af træet og håber på, at bladene er tætte nok til at give ly, og han tjekker i butiksvinduet, om håret stadig sidder fint nok. Det gør det, endnu. De kigger begge ofte på det store smarte ur på bygningen overfor, der tydeligt fortæller dem, at der ikke er længe til mødet med hverken daten eller kunden og ih, hvor han godt ved, at kunder bliver irriterede, hvis han bliver forsinket. Også selvom det regner. Og på et tidspunkt er han nødt til at vurdere, at regnen er stilnet nok af, så han kan begive sig videre. Så hurtigt han kan. Og trods overvejelserne om at tage en taxa nu, lige nu, redde hvad der reddes kan, og selvbebrejdelserne, der går på mangel på dømmekraft eller blot gide slå vejrudsigten op på hjemmesiden, efter alle de år som spejder, trods alt det, så tager han cyklen, for det er et spørgsmål om image.

Og således forlader han sin plads under træet for om lidt at ankomme til kundemødet med vådt og fladt hår, gennemblødt tøj og drivvåde sko, men elektronikken har han passet på, det er det vigtigste, og nu er han klar til mødet med den vigtige kunde. Og han kan sige, at han klarede den i København på cykel. Og nogle gange kan et regnvejr gøre, at man kommer hinanden lidt nærmere, det der lille kaos, som måske har en lille snert af kærlighed over sig, i hvert fald måske kærlig overbærenhed, og man kan altid tale om vejret, og det tager det værste forventningspres, og kaffen smager bedre for begge parter, når det lige har regnet.

Og i dag scorer han forhåbentligt billige points hos kunden, der dog var et skridt foran og valgte at tage S-toget og ankomme både tør og til tiden. Kunden sidder trippende, vipper utålmodigt med tæerne, der er en lille rynke mellem brynene allerede. Og alligevel, da han ser den våde, unge mand, skal der ikke mere til, i dag vil kunden gerne skrive under på kontrakten, fordi kærlig overbærenhed også har en plads i kundemøder efter regnvejret.

Og den unge kvinde kigger efter den unge mand, da han sætter af for at cykle af sted, og hun spekulerer på, om hun burde gøre det samme, for regnen ER stilnet lidt af.

Og hun kigger på uret på telefonen, der er gået ti minutter, og hvornår mon han er her? Og hun overvejer at skrive til ham, for hun ved ikke, hvor lang tid det tager at cykle herhen. Og hun mærker, at hun fryser, og hun ønsker bare, at hun havde været lidt smartere og taget en trøje med. Men det var så dejligt lunt i morges, og hun nød det, for det var længe siden sidst, at vejret havde været så skønt, så hun kunne slet ikke forestille sig, at det kunne være et andet slags vejr.

Men hun ryster og håber, at han snart er her. Og hun tænker over, hvordan deres møde vil foregå, vil han varme hende, eller vil de være generte overfor hinanden. Hun kan allerede mærke rødmen stige op i kinderne. Hun er i hvert fald genert, for hun er fuldstændig vild med ham, han er simpelthen så sød, og det er kun anden gang, de mødes, og hun håber, at det ikke er sidste gang.

Og hun tjekker sin telefon, der lige har vibreret, og han har skrevet til hende, at han er der om to minutter, og han glæder sig til at se hende. Og hun synes, han er skøn, og føler sig allerede lidt varmere bare ved tanken.

Og der er han, hun kan se ham for enden af vejen. Og han nærmer sig, og hun kan se, at han er drivvåd af at cykle gennem byen, hen til hende, ikke andre kvinder, men hende.

Og han springer af cyklen og stiller den op ad træet ved hendes. Og han åbner sin taske og tager en sweatshirt med gennemgående lynlås op af den, mens han nærmer sig hende.

Og i en bevægelse svinger han sweatshirten rundt om skuldrene på hende, mens han trækker hende ind til sig og kysser hende.

17. Ferie

Hun nynner, i håbet om at børnene vil nynne med eller bryde ud i sang. Det er allerbedst, hvis de begynder at synge. Det gør de nogle gange. Som regel starter Ann på en sang, hun har hørt i radioen, men nogle gange er det Ralf, der starter noget beatbox op. Det er så skønt at lytte på, når de skaber denne smukke lyd sammen. Det bedste hun ved, hendes hjerte smelter. Hun håber, at det kan ske på turen.

De er på vej på ferie skråstreg praktisk tur. De skal ned og aflevere en bil i Tyskland, de har solgt deres bil nummer to. I Frankrig skal de så se, om de kan finde en ny bil nummer to. Bare det ikke kommer til at tage hele ferien. De skal også nå at slappe af, spise is, nyde solen, vandet, varmen.

Birgitte sukker. Hun trænger sådan til ferie.

Børnene er stille, de sidder med deres telefoner. Hun kigger på dem i bakspejlet, de er så smukke, unge og smukke. Hendes hjerte skælver af kærlighed til de to væsner, hun har båret under sit hjerte.

De er nået til grænsen. De har valgt at køre gennem Jylland i stedet for at sejle, så kan de helt selv bestemme fart og pauser og det hele. Friheden

med bil. De kan ikke klare sig med kun en bil, ikke
når man bor i en landsby.

Birgitte kigger frem og ser den mørkegrå VW.
Der er Peter, han triller roligt frem mod
grænseovergangen. Der er kø. Mellem hende og
Peter er der fire biler, hun blev overhalet på vejen,
hun kører ikke helt så hurtigt som Peter, men de
samler op ved første afkørsel i Tyskland. Så skal der
deles krammere ud. Birgitte elsker bare sin familie.

Hun tjekker bakspejlet, der er mange efter
hende, der er ret lang kø allerede, alle vil på ferie
sydpå, ingen vil åbenbart flyve, efter alle de nye
afgifter er lagt oveni billetprisen.

Hun kører helt tæt på den foran holdende bil.
Sådan, man slutter op og giver bedre plads til de
næste. Hun triller uendeligt langsomt frem mod
bilen foran og gør klar til at bremse bare 20
centimeter fra den. Det er tæt, men det er okay.

Bump. Hun hører og mærker verdens
mindste bump, efterfulgt af en svag gyngen, da bilen
falder til ro i en lille ujævnhed i asfalten. Hun kigger
op og får øjenkontakt med føreren i bilen foran, den
bil, hun faktisk lige er kørt ind i. Men det var
verdens mindste og blødeste og langsomste bump,
der er ingenting sket. Hun har ramt hans
anhængertræk, som hun ikke har bemærket, så det
er gået ud over hendes bil, hvis der da overhovedet
er noget at se. Hun skal lige til at dreje hovedet for
at informere børnene om, at hun lige går ud og

snakker med dem foran, da føreren i bilen foran
vender sig rundt smiler til hende.

Af ren vane smiler hun tilbage, hun er et
venligt menneske, men hendes smil forsvinder med
det samme fra hendes ansigt, der er noget ved hans
smil, der gør hendes urolig. Hun kan se, at han
bevæger sig. Hvad nu?

Så tændes hans baklys. Hvad nu? Så kan hun
høre ham give speeder, mens han træder på
bremsen. Ej altså. Hun får sat bilen i bakgear og
kigger i bakspejlet, bilerne bag dem finder ind i de
andre vognbaner til højre for hende.

Så bakker hun lidt, han vil åbenbart have
mere plads og agter at tvinge sig til det ved kørsel
frem for fagter eller snak.

Han bakker, hun ser ikke noget bremselys,
han fortsætter i retning af hende. Jamen så må hun
også fortsætte. Hun kigger efter Peter, har han set
hende? Gid, han har.

- Mor, hvad laver du? Skal vi ikke igennem
her?

- Jo jo, skat, lige om lidt.

Birgitte bakker yderligere nogle meter væk,
så må han da have plads nok samt udtrykt besked
om, at ham skal man ikke for tæt på. Birgitte har
forstået. Det er tydeligt nu, hun forstår det godt nu,
ham skal man ikke være for nær.

Men han bakker endnu, mens han kigger på
hendes og griner. Hun forsøger at se efter Peter, han

kan komme hende til undsætning, han er en mand, det er bedre mand til mand end mand til kvinde. Hun kigger på føreren og rundt i bilen. De andre medpassagerer er upåvirkede af hans kørsel, de ligner nærmest dukker, sidder helt stille.

Hun bakker endnu med ham faretruende nær hendes køler. Hun kigger i bakspejlet, folk trækker ind i højre spor for at give plads til hende. Hvorfor stopper han ikke? De har efterhånden kørt et stykke vej, han har fået sin vilje, hvad handler det nu om?

Birgitte bakker lidt hurtigere, selvom hun ikke er helt tryg ved at bakke i høj fart, det er lidt ustyrligt. Men hun vil gerne skabe afstand til ham, så hun kan slippe væk, køre væk, ind i den anden bane eller ja, ud på marken til venstre for dem. Et eller andet.

- Moar, hvad har du gang i?

- Spørg hellere hvad ham foran har gang i, det er ham, jeg forsøger at komme væk fra, men han bliver ved med at bakke.

Begge børn kigger op.

- Mærkeligt, udbryder de i kor. Nu er deres telefoner ikke så spændende længere, de har blikket fæstnet på bilen foran.

- Hvad laver han? Hvorfor kører han efter os sådan her?

- Jeg... jeg...

Birgitte kan ikke snakke lige nu, hun er kun koncentreret om at køre baglæns uden at køre ind i noget, eller nogen. Føreren i bilen foran griner, hun kan se hans tænder, mens han er lige i hælene på hende, eller hvad det hedder, når man bakker.

Birgitte forsøger at få et overblik, er der nogle huller i strømmen af biler bag hende? Hun kigger skiftevis fremad og i bakspejlet for ikke at overse noget. Hvis det går helt galt, må hun dreje ind på marken.

- Børn, siger hun med skinger stemme, hun taler hurtigt, hun har ikke ret meget overskud til andet end at køre lige, - hold fast, lige pludselig skal jeg måske dreje ud på marken. Hold fast med armene om nakkestøtten og støt jeres nakker. Nu!

Børnene gør som krævet, de kan godt fornemme, at denne situation kan blive farlig. Den er allerede farlig, de bakker med høj hastighed, som en bil nu kan bakke. Birgitte slingrer lidt, men får rettet op. Hun holder vejret, det er afsindigt svært at holde bilen på vejen.

Så, der, der kommer et hul, der er ingen biler de næste mange hundrede meter. Birgitte kigger frem, han er lige ved hende, han griner stadig.

Birgitte må hurtigt tænke, hvad vej skal jeg dreje rettet for at skifte vognbane? Hun finder svaret, til højre, og råber til børnene, at de skal holde godt fast NU, og så drejer hun, mens hun bremser. Og så hurtigt hun kan, og med lukkede øjne, får hun sat bilen i første gear og giver speeder for at komme fremad, væk fra den underlige person i bilen foran, hen til et sted, hvor der er andre mennesker, der kan hjælpe hende ud af den her knibe. For verdens mindste bump ind i en andens anhængertræk. Virkelig mærkeligt.

Hun begynder at køre fremad. Hun ser til venstre, han er bremset og holder lige ved siden af hende. Han griner. Kvinden ved siden af ham ligner derimod en, der græder.

Birgitte ryster på hovedet, det har hun ikke tid til at forholde sig til lige nu, selvom hun ellers altid har overskud til dem, der har det svært. Sådan er hun bare. Hun speeder op og skifter til andet gear. Bag hende er de andre biler på vej til Tyskland ved at indhente hende, mere gas, mere gas.

Bilen får fart på, tredje gear. Men føreren af den anden bil er nu oppe på siden af hende. Han gør mine til at trække over mod hende, griner med nakken bagover, kigger slet ikke ud af forruden, mærkelig kørsel. Kvinden på passagersædet kigger ned.

Underlig familie. Hvad er de for nogle? Birgitte speeder op. Børnene har åbnet øjnene og begynder at heppe på mor.

- Kom så, mor, du kan godt, væk fra ham, kom så, mor, vi klarer den!

Birgitte smiler, det er det bedste i verden, når nogen kalder en mor. Det giver nærmest fornyede kræfter, og hun træder speederen i bund. Men bilen har hverken turbo eller andet smart, der kan give ekstra fart, så der sker ikke rigtigt noget. Sådan er det med en bil med lille motor og lav ydeevne, konebilen, den til korte ture og kørsel i byen.

Birgitte bander ad bilen og føreren på siden af hende.

- Ja, mor, kom så, du kan godt, vi klarer den!

- Hvordan, for helvede, jeg ved ikke hvordan!

Ralf byder ind med, at der er afstand til de bagvedkørende, så man kan for eksempel bremse og køre om på den anden side af ham der psykopaten.

Birgitte siger ikke noget, det er ellers ikke et ord, de bruger, men i dette tilfælde passer det vist meget godt. Hun tjekker bakspejlet og bremser uden at advare. Børnene falder fremad i selen.

- Hov, undskyld!

- Det er okay, mor, bare kør, for helvede!

Fedt med opbakning, men altid federe uden bandeord, men lige meget nu, de skal bare væk fra ham der gutten. Birgitte sætter farten op igen og får en ny ide. Hun må skabe opmærksomhed om ham der, så hun begynder at dytte, alt hvad hun kan, i hornet. Hun holder bare hornet i bund, mens hun kører op mod den bane, hvor Peter holder. Forhåbentlig holder han der endnu og er ikke kørt over grænsen. Hun har brug for, at han stadig er i Danmark.

Nede ved overgangen træder et par folk ud af deres båse, hvor de ellers sidder og tjekker pas.

Birgitte kan se, at de forsøger at finde ud af, hvad
der foregår, og hvor lyden kommer fra.

Hun fortsætter med at dytte.

- Børn, hvor er ham der i den anden bil, hvor
er han henne?

Hun kan ikke se ham, og det gør hende
nervøs, han er helt utilregnelig.

- Sådan mor, skidegodt, han er trukket helt
over til højre i den vognbane længst væk, god ide
med at dytte.

- Tag lige hans nummerplade, hvis I kan se
den.

Ralf finder sin telefon frem og tager billeder i
retning af bilen, der var efter dem lige før.

- Og ring lige til far, Ann, jeg har brug for
hans hjælp. Jeg magter ikke, hvis jeg skal møde den
her gut langs motorvejen i Tyskland, det kan jo blive
helt sindssygt.

- Far står allerede ude på vejen, han ser os
nu.

Ann vinker til ham.

Birgitte kører i retning af ham, hun er stoppet
med at dytte, føreren af den anden bil er
umiddelbart væk. Birgitte holder ind ved siden af
Peter og springer ud af bilen for at få et kram. Peter
åbner armene og tager imod hende.

- Hvad er der sket, siden du dytter sådan?

Birgitte falder sammen og håber, at han holder hende, adrenalinen er brugt op, nu er hun træt, helt overmandet af træthed.

- Først skal vi have ham fanget, kan grænsekontrollen ikke lige stoppe ham, inden han kører ind i Tyskland. Jeg magter ikke det her, hvis jeg kan forvente at møde ham alle steder på motorvejen.

- Ehm jo, hvilken nummerplade har han? Det skal de nok bruge.

Ralf viser Peter et billede.

- Det er den her bil, se, nummerpladen kan man se der. Hvad med vidner?

- Kom Ralf, vi løber derover til dem. Birgitte, jeg slipper dig nu. Sæt dig ind i bilen igen.

Birgitte nikker og sætter sig ind sammen med Ann og låser dørene.

- Sejt kørt, mor, du er virkelig sej!

Birgitte nikker med lukkede øjne.

- Tak, min skat.

Birgitte sidder med lukkede øjne og forsøger at finde ro. Så åbner hun øjnene og kigger på Ann.

- Jeg læste noget på facebook. Det giver totalt god mening i denne situation. Prøv lige at høre, om du er enig: Alle har oplevet traumer i barndommen, både empater og narcissister. Empaterne holdt smerten og blev mere omsorgsfulde, så andre ikke skulle opleve lignende smerte. Narcissisterne blev vrede og valgte at lade vreden gå ud over deres omverden. Giver det mening? Hvem er hvem?

- Ja, det giver mening, nikker Ann, mor, du er et empatisk menneske, og ham der bilisten er en vred en, der forsøger at komme af med det ved at være efter andre.

- Sådan tror jeg, at det er, samtykker mor, uden at jeg skal være alt for selvforherligende. Jeg begår masser af fejl. Men jeg forsøger at gøre det gode hver dag.

- Nemlig, ja.

- Tak Ann. Vi har verdens bedste familie. Jeg er virkelig klar nu til at komme på en fantastisk ferie!

18. Invitation

Det havde været en god aften i byen.

Et par øl med dem fra folkeskolen, og så mødte hun nogle fra håndbold, som hun fulgtes med videre. De var endt på ValdeBar, og det havde været skideskægt.

Hun smilede bredt, sådan lidt fjoget, som hun gik der, på vej hjem for at få nogle velfortjente timer på langs. Sådan er det jo, når man altid skal slutte med en lumumba for at kunne holde varmen hele vejen hjem. Der er ikke varmt i Danmark pt.

Hun kiggede op. Sikke en smuk stjernehimmel. Det kan noget, det der med at gå hjem fra byen, altså gå, vandre, spadsere. Perfekt med frisk luft og højt til himlen, inden man skal sove sødt lige om lidt.

Hun mærker, hvor træt hun egentlig er. Men det er jo klart. Klokken er fem.

Noget fanger Lunas blik, hun følger det. Et stjerneskud. Årh wow. Hvad skal hun dog ønske? Kom nu, hurtigt.

Hun går med raske skridt, mens hun hastigt overvejer sit ønske.

At være stjernehåndboldspiller eller få ham der den søde fra tanken som kæreste?

Kan man ønske to ting på et stjerneskud, hvis man siger dem sammen?

Luna træder ud mellem boligblokkene, det er en god smutvej at gå gennem det område, når man skal hurtigt hjem. Det sparer hende nok for i hvert fald et par minutter at gå igennem her frem for ned ad den lange vej ned til lyskrydset.

Hun træder frem til kanten af cykelstien for at orientere sig om trafikanter, hun skal være opmærksom på – det værste er da klart at blive kørt ned, mens man er lidt beruset, hun må være særligt opmærksom. Men det er svært, når man er påvirket af alkoholen. Vente, kigge, vente, kigge igen, være helt sikker.

Der kommer en grøn bil i høj fart. En gammel Toyota. Godt, hun stoppede op.

Den suser lige forbi hende, og så kan hun gå.

Hun har helt glemt alt om stjerneskuddet.

Mens hun krydser vejen, kigger hun efter bilen. Det er jo ikke helt trygt at gå alene hjem som kvinde. Men omvendt er der heller ikke ret langt. Det værste sted er den øde del af vejen, nede i lavningen, hvor åen løber. Der synes hun, at der er langt til nærmeste hus, hvis nu...

Den grønne bil holder i lyskrydset. For grønt. Den har grønt, og føreren har valgt at stoppe helt op, som om der var rødt.

Luna mærker uroen i maven. Det er ikke almindelig adfærd.

Hun bliver bevidst om, hvor alene hun er. Der er ikke andre mennesker at se nogen steder. Det er en virkelig død del af byen. Alle sover, ingen andre skal hjem denne vej, som hun skal.

Luna går videre. Hvad andet er der at gøre?

Inden hun går ned ad den vej, som hun bor på, ser hun, at lyskrydset skifter til rødt. Så kører bilen.

Luna sætter farten op, det virker mystisk, og hun er bange nu.

Hun ved godt, hvad mennesker, mænd, kan finde på. Med magt.

Hun spekulerer som en gal, hvad gør hun? Hun kan ikke nå hjem, inden bilen kommer. Hun kan høre, at den vender rundt, hjulene hviner, og kommer nærmere igen. Hvad skal hun gøre? Hun kan ikke nå at løbe hjem, hun kan måske nå til det øde sted på vejen. Det virker som et dårligt valg. Hvad skal hun så gøre? Der er fire huse på højre side af vejen, så ungdomsskolen, og så er der mange hundrede meter helt uden huse, før villakvarteret starter.

Hvad gør jeg?

Hun ved, hvad hun skal ønske sig af stjerneskuddet. At klare det her fint, at komme hjem uden problemer, uden at... noget voldsomt sker.

Kom nu!

Hun kan høre, at bilen kommer nærmere.

Hun går stadig på fortovet, synlig.

Bilen kører forbi, den drejer ikke ned ad vejen, hvor hun er.

Hun ånder lettet op.

Den opførte sig mystisk, men der var ikke noget ondt i det, måske en, der ombestemte sig eller noget, og som ikke har respekt for lyskryds, i hvert fald ikke om natten. Kan det være en, der kender hende, som bare vil snakke? Ej, så ruller man bare vinduet ned og råber og den slags. Det var mærkværdig opførsel.

Men så hører hun hvinende dæk.

Bilen vender igen.

Nervøsiteten vælder op i hende. Maven gør ondt. Hun er bange for, at der skal ske hende noget ondt, noget hun aldrig kan slippe væk fra igen. Voldtægt, invadering af hende. Det er ikke sådan en glad aften i byen skal ende.

Luna får lyst til at græde. Men det duer ikke, ikke nu, hun er nødt til at løse det her først. Hvad gør hun? Hvilket muligheder har hun?

Bilen kommer nærmere igen. Denne gang drejer den nok herned, der er ikke længe til, at hun bliver indhentet så.

Løbe hjem? Nej, det kan hun på ingen måde nå? Det giver hende myrekryb at tænke på at løbe med en forfølger i hælene. Skal hun skrige på hjælp? Men hvad hvis ingen hører hende? Alle ligger jo og sover? Der er ingen garantier for, at nogen vil høre hende og komme hende til undsætning, endsige komme hurtigt nok.

Frygten truer med at tvinge hende i knæ. Hun har lyst til at kaste op.

Tanker om, at resten af hendes liv om lidt er ødelagt, farer igennem hende. Hvem er hun så bagefter, hvis nogen tager hende med vold? Hvem er i den bil? Hvorfor? Nej, nej, nej, nej! Livet skal ikke forandres på den måde, ikke nu, ikke i dag.

Hun vil fortsætte med at være sit normale, uskyldige jeg, der skal ikke ske hende noget i dag.

Hun tager en impulsiv beslutning, det skal være nu, inden bilen kommer herned med fuld fart.

Hun løber ind i en have, hvor hækken er helt tæt. Der er biler i indkørslen. Så er de nok hjemme, derinde et sted. Hvis hun har brug for at råbe. Bare de ikke har en løs hund? Eller er det godt, hvis de har? Fordi den måske opdager hende? Men hun vil ikke overfaldes af hunden heller.

Hun kaster sig ned på maven, i mørket, bag hækken. Kan man mon se hende fra vejen? Kan bilisten se hende?

Hun håber, at hun er usynlig, åh, hvor hun håber det. Hun vil ikke findes.

Hun kan høre bilen gasse op. Nu er den drejet ned ad denne vej.

Hun trykker sig mod jorden, det er virkelig koldt at ligge her. Men hvis det er det, der skal til for ikke at blive opdaget, så bliver hun bestemt liggende.

Bilen suser ned ad vejen, hun hører den tydeligt. Alle hendes sanser er skærpede til det maksimale. Hun lytter og forsøger at trække vejret lydløst.

Sådan ligger hun i hvad der føles som en evighed. På den kolde jord og bare lytter. Og krydser fingre og håber. Bilen suser ned ad vejen.

Hun kan høre, at den er kommet til det første sving, for lyden forsvinder for så at komme tilbage, når der gasses op igen.

Så kører bilen rundt i endnu et sving, og så ved hun, at det næste er, at bilen skal køre ud på omfartsvejen. Men hvilken vej? Længere væk eller tættere på hende igen? Hun lytter. Anstrenger sin hørelse til det yderste. Hvor er bilen nu? Hvornår er det sikkert at gå hjem, løbe hjem? Hjem og gemme sig bag de trygge vægge. Åh, hvor ville hun ønske, at hun var der nu. Hun skulle bare være gået fem minutter tidligere fra ValdeBar. Hun var på nippet til det. Men så kom August, som også spiller håndbold i klubben, og ham har hun ikke set i lang tid, så han skulle da lige have et knus. Og så fik de sludret lidt og aftalte faktisk at ses i morgen. Han er ret sød, ham August. Og stærk.

Hun glæder sig faktisk til at se ham senere.

Men nu skal hun lige hjem i sikkerhed først. Hvordan? Hvornår er det sikkert at forlade denne fremmede have?

Hun lytter. Længe.

Hun kan ikke høre nogen biler overhovedet.

Måske er det sikkert nu?

Men Luna bliver liggende. Kulden fra jorden er for længst trængt op gennem hendes tynde klæder. Hun ryster af kulde. Men hun bliver liggende. Hun tjekker på sin telefon, hvad er klokken? Halv seks. Hun kan mærke, at hun stadig er bange for at møde den grønne Toyota. Hun lytter igen. Verden er helt stille.

Hun forsøger at regne ud, hvor lang tid hun skal bruge på at løbe hele vejen til huset. Og hun skal have nøglen klar i hånden, så hun kan låse op med et snuptag. Indenfor så hurtigt som muligt. Et minut? Hvor langt kan hun nå på et minut? Er et minut længe? Længe nok? Kommer bilen tilbage? Hun løber ret hurtigt. Men hun er beruset, kold og bange. To minutter, det bør være rigeligt. Hvornår skal hun løbe?

Det virker uoverskueligt. Sikrest bare at blive her. Måske indtil de vågner inde i huset. Så kan hun forklare, hvad der er sket, hvorfor hun ligger i deres have. Bare de ikke bliver forskrækkede. Måske vil de føle behov for at hjælpe hende. Invitere hende ind på en kop varm the og en af deres nybagte boller, som de bager i weekenden. Årh Luna mærker også

sulten, den gnaver i hendes mave sammen med
kulden.

Narh, de vil da ikke hjælpe hende. Der er længe til,
det bliver lyst. Hun må hellere se at finde en måde
at turde at komme hjem på. En taxa? Det er en
mulighed. Men hun lytter igen, og hun kan altså slet
ikke høre nogen biler. Men måske holder den et sted
og venter? På hende? Hun gyser ved tanken.

Nej, hun må tage chancen. Der har været helt stille
et stykke tid. Hun må se at komme op og løbe hjem.

Hun vrikker med tæerne. Uf, hvor hun fryser.

Luna sætter sig op og lytter igen. Der er virkelig helt,
helt stille omkring hende. Hun sender sin
opmærksomhed rundt i alle de afkroge i nærheden,
hun kender, som om hun så hører bedre. Men der er
bare stille.

Luna rejser sig op.

Lytter.

Hun må bare løbe. Men det mørke sted uden huse
er det værste. Hvor lang tid tager det at løbe forbi
der. Et minut. Tænke, tænke, ikke flere tanker, bare
gøre. Løbe. NU.

Luna træder ud på gaden, ser sig om. Der er tomt og stille. Så vender hun blikket mod højre og begynder at løbe. Alt, hvad hun kan.

Hun lytter, men kan kun høre sine egne larmende skridt. Bare bilisten ikke kan høre dem. Hun føler, at hun larmer alt for højt i en tavs verden lige nu. Hun løber usikkert, kulden har afkølet hendes krop, så hun løber ikke helt lige, er lige ved at snuble.

Nu kommer det mørke stykke. Hun forsøger at sætte farten op. Den kolde luft bider i luftvejene.

Hun ser sig over skulderen, er der nogen efter hende? Der er helt øde. Pyha, heldigvis.

Hun krammer om nøglen, som hun har i hånden, klar til at låse op.

Måske når hun det, måske når hun i sikkerhed, lige om lidt.

Hun forsøger at lytte efter biler.

Ingenting.

Hun løber, det er virkelig hårdt med alkohol i kroppen.

Men hun skal bare i sikkerhed, snart.

Nu drejer vejen en anelse, så skal hun bare forbi fire huse mere, så er hun hjemme.

Bilen kan også komme fra modsatte side. Hun håber, at bilisten er kørt hjem. Hun lytter, men der er vist helt stille omkring hende. Ikke engang fuglene synger endnu.

Hun forsøger at sætte farten op, for en sikkerheds skyld. Hun bor i det næste hus. Hun er godt nok tæt på sikkerheden nu. Hun løfter hånden og peger nøglen lige mod låsen. Det skal gå stærkt.

Hun rammer som en verdensmester i ringridning og drejer nøglen i låsen. Døren er åben, hun brager ind, men når lige at gribe døren, inden den rammer ind i væggen bagved med et stort knald. Ingen grund til at vække de andre i huset.

Hun snurrer rundt og kigger ud, er der nogen efter hende? Nej, der er tomt og stille. Hun lukker døren og låser efter sig. Står lidt og mærker efter. Hun er i sikkerhed nu.

Hun smider skoene og jakken. Går ud og børster tænder og tager et glas vand. Kort efter ligger hun under dynen og forsøger at varme den op.

Hun mærker efter igen. Hold kæft, hun var bange. Og hold hæft, det var koldt at ligge i den have i så lang tid. Og hun var helt alene. Det var kun den latterlige bilist, der vidste, at hun var lige der. Ingen andre ved noget, ikke dem i haven, ikke hendes forældre, der sover inde i soveværelset, ikke dem hun har festet med, ingen. Mærkeligt.

Men hun husker sig selv på, at hun faktisk klarede det. Hun kom hele vejen hjem, uden at der skete hende noget. Hun er okay nu. Hun er hel og ligger trygt og godt i sin seng. Hun var i stand til at handle, gøre noget ved den situation, der for hende var ekstremt underligt og utryg. Hun reddede sig selv, hun kunne godt.

Så Luna ligger lige der en meget tidlig søndag morgen og føler sig faktisk ret sej og lidt heldig i stedet for at føle sig bange, lille og sårbar.

Det er faktisk en fed følelse, og hun har selv vendt det fra noget dårligt til noget godt og stærkt.

Og om nogle timer skal hun mødes med August. Måske kan hun nå at bage en kage.

19. Det ser pænt ud

Annemette har åbnet instagram og sidder bare og scroller igennem de nyeste opslag på sit feed. Der sker ikke en skid. Hun skæver til Hans, hvad laver han?

Hans sidder og stirrer ud ad vinduet, Annemette kigger i den retning, han kigger, der er vist en rovfugl derude.

Hun kigger igen på skærmen, der lyser op mod hende. Hun er nået til et opslag om jul.

Julen er eventyrenes og lysenes tid.

Traditionen tro, vil d'Angleterre igen i år lyse op på Kongens Nytorv i den skønne juletid med en helt ny julefacade.

I år hylder facaden en af hotellets stamgæster, som til overmåde har gjort sig bemærket og beundret udover landets grænser.

Kom og se, hvem det er, fredag den 24. november kl. 17:00. Afsløringen akkompagneres af Den Kongelige Livgardes Musikkorps, som spiller fine vinter - og julemelodier både før og efter afsløringen.

Annemette ryster let på hovedet. Hvorfor skal man udsættes for julen allerede i oktober?

"Hans?"

"Mm-mmm."

"Er det ikke bare langt ude, det her?"

"Hvad?" mumler han uden at kigge, han er vist langt væk i tankerne.

"Hvad tænker du på?"

"Mmm, det ved jeg ikke rigtig. Jeg er træt i dag."

"Jeg er også ret sløv. Det er vist bare vejr til pandekager og varm kakao.""

"Mmmmm."

"Skal vi se en film?"

"Narj, jeg skal lige have lavet nogle ting?"

"Hvad for ting?"

"Jeg skal lige op på loftet..."

"Og hvad?"

"Jeg skal finde noget. Jeg mener, at det er deroppe i en kasse."

"Men hvad er det?"

"Nogle breve."

"Fra hvem?"

"Min far."

"Breve fra din far?"

"Ja, fra dengang han boede en periode i Angola."

"Har han boet i Angola? Det vidste jeg slet ikke."

"Næh, men det har han. I to år."

"Hvad lavede han der? Hvad så med din mor?"

"De var blevet skilt, inden han tog af sted, FORDI
han skulle af sted. Han ville af sted."

"Nå, det lyder da... interessant"

"Det var et værre drama, den skilsmisse. Jeg var kun
ti år, vistnok, så jeg boede bare hos min mor, mens
han var dernede."

"Men du savnede ham?"

"Helt vildt!"

"Årh, skat!"

"De var så meget uvenner op til. Hver dag!"

”Puha, det må have været svært at bo der så?”

”Ja, forfærdeligt. Jeg var ovre ved Martin så tit som muligt.”

”Men hvad så, da din far tog til Angola?”

”Han skrev brev til mig hver uge. Jeg vil gerne læse dem igen.”

” Skal vi så besøge din far senere, måske i morgen, hvis han er hjemme?”

”Det vil jeg gerne. Jeg spørger lige, om han er hjemme i morgen. Kan du bage en kage så?”

”Ja da.”

”Fedt! Tak.”

Hans skriver en sms på sin telefon.

Annemette lægger hånden på Hans' lår og læner sig ind til ham.

”Far er hjemme i morgen eftermiddag.”

”Perfekt. Vil du have, at jeg går med på loftet og leder efter kassen med breve?”

”Ja, det kunne være rart.”

”Kom...”

Annemette tager hans hånd og trækker ham op og
efter sig ud til bagtrappen. Hun griber en
lommelygte på vejen, der er ikke så meget lys i deres
loftsrum som ude på trappen.

Hans låser døren op, og de kigger ind. Der er alt for
mange ting, men det er vigtige ting, de ikke kan få
sig selv til at gøre sig fri af.

Hans begynder at løfte nogle kasser og se ind på
reolen, de fik moslet herop for et års tid siden.

”Jeg mener bestemt, at kassen står på reolen.”

”Jeg håber, du finder kassen hurtigt.”

”Her er den. Kom, lad os tage den med ned, der er
koldt heroppe.”

Og med kassen under armen balancerer Hans på de
smalle trappetrin med Annemette lige bagved sig.

Nedenunder går Hans ind i stuen og sætter sig i
sofaen.

””Jeg laver varm kakao til os!” råber Annemette fra
køkkenet.

”Dejligt.” mumler Hans, mens han ærbødigt åbner
kassen og tager det øverste brev op. Han begynder
at læse.

Kort efter kommer Annemette ind med bakke med
to krus med varm kakao med flødeskum og noget
varm chokolade med nødder, som hun fandt i
skabet over mikroovnen. Hun stopper op og
iagttager ham.

"Hvad står der i brevet?"

"Hmmm, far beskriver, hvordan hans dage er, og at
han savner mig rigtig meget. Han skriver også noget
her om noget, der hedder kizomba."

"Hvad er det?"

"Det ved jeg ikke, eller måske har jeg glemt det."

Annemette googler på sin telefon.

"Det er en slags dans."

"Nå ja, det kan jeg da godt huske, når du siger det.
Far brugte lang tid på at danse denne form for dans
i Angola. Det er en særlig dans for Angola."

"Aha. Her, jeg har lavet varm kakao."

"Uhm, tak, skat. Dejligt."

Hans tager et nyt brev op af kassen og læser lidt i
det. Og snart ligger der udfoldede breve hele vejen
rundt om ham i sofaen og på sofabordet.

”Far skriver, at han har valgt ikke at fejre jul dernede. Og siden da har han ikke fejret jul. Det er derfor, at vi aldrig ser ham til jul jo.”

”Ja, det er rigtigt. Det gør han ikke. Men jeg synes ikke, at jeg vidste hvorfor.”

”Det var inspireret af dem, han boede hos i Angola. De fejrede ikke jul. Og han var ligesom enig i deres betragtninger, så han har også droppet det.”

”Det tager også overhånd, synes jeg. Det er et kæmpe ræs med gaver og pynt og alt muligt, man bliver jo helt fattig i december, hvis man skal følge med flertallet.”

”Men man vælger jo egentlig selv, hvor meget man vil gøre ud af det.”

”Ja, det er klart. Men har vi da taget et aktivt valg der, eller fravalg?”

”Næh, vi har nok bare fortsat, som vi plejer. Inspireret af min mor, som har inviteret hvert år. Og så kører det bare derudaf.”

”Ja, det har du ret i.”

”Men måske skal vi gøre det anderledes med jul også?”

"Ja, det er sjovt, du nævner det. For jeg så lige det her opslag på instagram..."

Annemette viser opslaget om D'Angleterre til Hans.

"... og så fik jeg nærmest kvalme. Det der julehalløj fylder snart det kvarte af et år. Det er alt for meget. Alt for meget fokus på penge, købe, købe, købe, stråle, bruge løs. Jeg magter det faktisk ikke rigtigt. Men det ser jo pænt ud. Det er bare alt for meget."

"Det ER også tidligt, de er ude at annoncere. Ikke bare dem, men næsten også alle butikker reklamerer for chokoladekalendre og alt muligt. Jeg magter det faktisk heller ikke rigtigt."

"Skal vi så ikke gøre noget helt andet med julen? Måske endda helt afskaffe den eller, altså, ignorere den? Lave noget helt andet?"

"Jo, det kan vi da sagtens. Jeg er frisk nok."

"Cool."

"Måske kan vi være sammen med min far i år så? I stedet for min mor?"

"Det er faktisk en god ide. Det vil jeg gerne."

"Skønt. Lad os tænke over, hvordan vi helst vil bruge de dage på noget dejligt sammen med ham."

"Ja. Vi kan danse kizomba, hehe."

"Ja, måske. Vi kan spørge min far om det i morgen."

"Ja, det gør vi. Vi finder på noget. Jeg glæder mig allerede. Jeg tror, det bliver nogle dejlige dage."

"Det er jeg sikker på, at det gør."

Hans læner sig over og kysser Annemette på kinden og lægger armene om hende. Annemette putter sig i hans favn.

"Du er bare dejlig", hvisker han.

Annemette nyder bare varmen fra hans krop, og sådan sidder de sammen i lang tid.

20. Grib

Det er en skøn sommeraften, solen er ved at gå ned på den flotteste måde, lige til instagram, og vinden har lagt sig. Så kan byen virkelig noget.

Julia zoomer ind og ud for at finde det bedste vue. Hun panorerer hen over hustage, mellem blokkene og opad delvis mod solen, mens hun går hjemad fra sit arrangement, middag med gode venner.

Hendes hæle klikker mod fortovet. Hun krænger sin cardigan af og lægger den over den ene skulder, det er alligevel for varmt til langærmet lige nu.

Hun stopper op og zoomer ind. Her er solnedgangen helt fantastisk. Måske fordi hun er lidt snalret, så virker den pænere. Når hun kigger på billederne i morgen, vil de fremstå helt ordinære og kedelige. Men hun er nødt til at prøve at indfange stemningen, for den er helt særlig lige nu.

Hun peger linsen opad, op mod hustagene. Der er enkelte tagterrasser, det kan hun se, fordi der er grønne planter og den slags.

Der står en person deroppe. Helt deroppe. Alt for højt oppe. Personen står på gelænderet med armene ud til siden. Det ser forkert ud.

Hun trykker på knappen og tager et billede. Selvom personen står der, et det et fedt motiv. Faktisk federe, FORDI personen står der. Med solen skinnende ind på sig.

Men personen bliver stående sådan. Alene. Der er ikke andre.

Julia ser rundt. Er der andre, der ser det samme som hun? Der går en ung fyr.

"Hey."

Han kigger op.

"Heeey."

Han virker rimelig beruset.

"Kender du området?"

"Hvad mener du?"

"Hvordan kommer man op på de der tagterrasser?"

Han kigger op.

"Nåeh. De er offentlige. Du skal bare finde trappen."

”Ah. Tak.”

Og så går hun hastigt i retning af terrassen, hvor personen står. Stadig. Vildt nok.

Hun går rundt om og finder en trappe og småløber op ad den. Deroppe ser hun sig omkring. Hvor er personen henne? Her er der bare små trampoliner omringet af stauder og græs. Hun spejder efter et gelænder. Der er ingen, her er der trådhegn.

Hun kigger ud igennem trådhegnet og ser personen, en ung fyr, stå på en anden tagterrasse lige ved siden af. Hvordan kommer hun derover?

Hun løber ned ad trappen, det er hårdt at løbe, når man er småberuset og træt, men hun skal finde den trappe, der fører op til terrassen med fyren.

Der. Det er måske denne trappe. Hun løber op og kigger rundt. Flere stauder og en masse bænke. Og et hjørne. Hun kigger rundt om hjørnet.

Der står han, med ryggen til hende, hun har mistet al retningssans, den røg ud med de lækre mojitos. Gelænderet ryster under hans vægt. Det er ikke beregnet til, at voksne mennesker står på det.

Hun klikker nærmere, bevidst om hælenes høje lyd. Den unge fyr drejer sig halvt rundt.

”Stop!”

"Undskyld."

"Du skal ikke forstyrre, jeg er lige i gang med noget."

"Det ser ikke helt sundt ud. Jeg vil gerne vise dig noget, jeg har lært i dag."

"Nej tak. Jeg skal ikke se mere."

"Men... ej, kom nu. Livet er fantastisk, lad mig vise dig, hvor fantastisk livet kan være."

"Hvorfor skulle du dog det?"

"Fordi du ikke selv er helt overbevist, virker det til."

"Korrekt. Men jeg gider ikke mere, jeg skal ikke overbevises, jeg er færdig."

"Ej, kom nu. Jeg så dig nede på gaden og har løbet rundt for at finde dig. Giv mig en chance, du."

"Hvorfor?"

"Fordi jeg er det værd."

"Men hvorfor?"

"Fordiii... jeg... giv mig en chance. Kom ned, så kan vi bedre snakke. Her er bænke, og jeg har stadig noget, jeg gerne vil vise dig."

"Mig? En komplet fremmed?"

”Ja, hvorfor ikke en fremmed?”

”Fordi det er sådan med fremmede, det tager tid.”

”Måske, men ikke denne aften. Denne aften er anderledes end de andre.”

”Ja, det har du ret i.”

”Så kom.” hvisker hun med sin sødeste stemme. Hun forsøger virkelig at lokke med al sin energi. Tænk, hvis han hopper, mens hun bare står her, hun kan ingenting gøre, han skal selv vælge.

”Nej.”

”Men bare giv mig chancen. Du kan jo altid gå derop igen om lidt, ikk’?”

Det tænker han lidt over.

”Det har du faktisk ret i.”

”Tak.”

”Okay.”

”Okay?”

”Mm-mm.”

”Fedt.”

Han kravler baglæns ind på terrassens gulv og vender sig om mod Julia.

Hun smiler og åbner armene.

"Krammer?"

Han går langsomt hen imod hende. Hun nærmer sig ham og fanger ham ind i et stort knus. Han læner sig tungt ind mod hende. Han er tung, når han ikke står selv. Hun træder forsigtigt baglæns, det er svært i høje hæle.

"Kom, vi sætter os her."

Hun lander tungt på bænken med ham liggende ind over sig. Hun sætter sig bedre til rette, så hans hoved er på hendes lår, og aer ham over håret.

"Tak. Det var godt, at du kom ned."

"For nu."

"Ja, okay, for nu."

Han lukker øjnene og lægger hænderne under den ene kind.

"Jeg er så træt."

"Men hvorfor?"

"Så mange ting man skal. Så mange ting, jeg ikke duer til. Alt for mange."

"Men du duer da. Du er jo dig."

"Nej. Det gælder ikke for alle."

"Jo. Alle mennesker duer da. Og du er jo sød og god."

"Det ved du da ikke."

"Det kan jeg da mærke."

"Kan du?"

"Ja, det er tydeligt. Du er en virkelig sød person."

"Henrik."

"Hej Henrik. Jeg er Julia."

"Hej Julia."

"Må jeg vise dig det der?"

"Nu?"

Ja?"

"Men jeg ligger lige så godt her."

"Men det kan du bare gøre igen bagefter. Jeg har ikke travlt."

"Okay."

"Fedt."

Han sætter sig op, og Julia rejser sig og rækker hånden ud mod ham.

"Hvad?"

"Jeg kan kun vise dig det, hvis du er med."

"Det sagde du ikke noget om?"

"Men det er ikke farligt. Kom."

Han overgiver sig og nærmer sig hende. Hun trækker ham ind til sig og lægger hans ene arm rundt om sin ryg. Så holder hun fast i hans ene hånd.

"Skal vi danse?" mumler han ind i hendes hår.

"Ja, på en måde."

"Jeg hader at danse."

"Det gør jeg også, men ikke denne dans. Den er særlig. Hov, vent lidt, det kræver lidt musik."

Hun træder et skridt tilbage, tænder for noget musik på telefonen og træder hen til ham igen.

"Som jeg forstår det, jeg har lige hørt om det, så danses hver dans kun en gang, for hver dans er en fortolkning i øjeblikket af det dansende par til netop den melodi."

"Det lyder totalt avanceret."

"Ja, men det er det ikke. Det er bare os to, der lytter til rytmen og danser sammen. Kom lad os prøve."

Og de lytter begge to.

Så begynder Julia at tage små skridt til hver side. Henrik står bomstille.

"Prøv at gøre et eller andet i takt, lige meget hvad, det er stille og roligt og små skridt. Pointen er at stå tæt, så man kan mærke hinanden og danse dansen sammen, som en slags enhed."

Henrik nikker med hovedet i takt til musikken.

"Ja, nemlig." smiler Julia og vipper med skuldrene.

Henrik tager små skridt til hver side, ligesom Julia. De står sådan længe, det virker, de danser faktisk, sådan helt stille og roligt.

"Det er rart." hvisker Henrik.

"Ja, det er så." smiler Julia tilbage.

Julia trækker ham ind til sig og træder fire små skridt bagud. Henrik følger lidt forsinket med. Så tager Julia en del skridt, hvem tæller sådan en smuk aften, mens hun drejer dem rundt i en cirkel.

Henrik holder lidt fastere om hende nu, han er med på dansen.

"Ja, nemlig, det er sjovt, ikk'?"

Henrik nikker. Så tager han nogle skridt, hvor han drejer Julia rundt i en anden retning.

"Uuuuh!" fniser hun.

Henrik smiler. Julia giver hans hånd et klem.

"Skidegodt, Henrik. Det er vores dans, og den er rigtig god."

Henrik nyder dansen med Julia. Det er virkelig rart bare at danse tæt på en tagterrasse en sensommeraften under den nedadgående sol. Han smiler. Det er ikke til at begribe, at han øjeblikket før var ved at springe i døden. Lige nu har han det bare rart. Det er virkelig længe siden sidst.

"Jeg nyder det."

"Det er jeg glad for, Henrik. Tak for at jeg må vise dig det."

Henrik nikker, det er bare i orden.

"Tak fordi du viser mig det, tak fordi du insisterede."

"Livet kan godt være helt magisk ind imellem."

"Jeg har først oplevet det i dag."

"Det er jeg virkelig ked af at høre. Men nu kender du det, så kommer der flere af den slags øjeblikke og oplevelser. Det er jeg sikker på."

"Hvordan kan du vide det?"

"Fordi du vil søge efter dem, ikk'?"

"Nå ja, det kan du have ret i."

Julia nikker. Det har hun nemlig ret i.

"Men hvad så med i morgen?" hvisker Henrik, nu lyder han en anelse desperat.

"Skal du noget i morgen?"

"Nej, det er det, der er problemet. I morgen er alting fuldstændig som sædvanlig. Tomt og planløst. Desværre."

"Kom, lad os gå ned og få en kop kaffe."

Julia tager hans hånd og trækker ham efter sig over mod trappen. Henrik følger efter, som om han ikke har nogen selvstændig vilje. Julia mærker det og stopper op.

”Vil du gerne drikke kaffe med mig, Henrik?” spørger hun vendt mod ham.

Henrik nikker.

”Det vil jeg faktisk rigtig gerne. Og når jeg bagefter ikke kan sove, fordi jeg drikker kaffe med dig sent om aftenen, så vil jeg gerne danse med dig, indtil jeg falder i søvn. For du er fantastisk, Julia. Du har reddet mit liv i dag.”

Julia står helt tavs et øjeblik. Det lyder helt vildt, når han siger det højt. Men det er muligt, at hun har reddet et liv i dag, Henriks liv. Det var i hvert fald ikke sådan, at hun forestillede sig, at aftenen ville slutte. Men pyt, Henrik er sød.

”Det er en aftale. Først kaffe, så dans.”

Julia smiler, Henrik smiler tilbage. Lige nu er alt præcis, som det skal være.

21. Se

Se hende. Hun har solbriller på, selvom det er overskyet, ja, faktisk temmelig mørkt.

Hun bærer sit barn på armen.

Uden et ord går hun gennem kupeen og finder en siddeplads til sig selv og sit barn. I en krog med ryggen mod væggen ind til det rum, hvor togføreren sidder.

Ser hun på de mennesker, hun går forbi eller ser hun blot ligefrem. Det kan jeg ikke se på hende, fordi hun har så mørke solbriller på.

Jeg rejser mig og sætter mig skråt overfor hende i den modsatte side af midtergangen. Jeg iagttager hende.

Hun vugger stille sit barn. Hvor gammelt mon det er? Mellem et og to år skyder jeg det til, men det er uvist for mig, om det er en dreng eller pige, for tøjet er grønt. Men det er egentlig også lige meget.

Det er hende, jeg ser mest på.

Hendes hud har den smukkeste lysebrune farve. Hendes næse er helt perfekt og med fregner. Hendes mund har den flotteste amorbue, trods det at hendes mundvige vender svagt nedad.

Jeg ville ønske, at hun tog solbrillerne af, så jeg kunne se hendes øjne. Det er garanteret de smukkeste øjne.

Jeg ser ned ad hende, barnet hviler mod hendes bryst, jeg tror, at det sover. Det ligger så stille. Kvinden aer langsomt barnet over ryggen. Det ser dejligt afslappende ud, jeg sidder selv og bliver helt døsig af at holde øje med dem, med hende.

Jeg blinker hårdt med øjnene, jeg vil ikke sove. Jeg vil faktisk gerne stå af der, hvor hun står af. Jeg vil faktisk gerne følges med hende resten af livet.

Okay, det virker måske overdrevet, men hun har vakt noget i mig. Lyst? Begær? Ja, for helvede. Omsorg? Ømhed? Ja, også det, faktisk, og det sker stort set aldrig. Ærligt, jeg føler stort set aldrig omsorg for nogen, jeg er fucking ligeglad med andre mennesker. Og denne kvinde bærer rundt på et barn, så det kan vel ikke være helt ukompliceret. Uanset hvad, så er det det eneste, jeg har lyst til, at sætte mig over ved siden af hende og tage hende i hånden og aldrig slippe den igen.

Men det er vist ikke lige det, jeg skal gøre, fornemmer jeg. For af en årsag, jeg ikke kender, har hun valgt at have solbriller på i dag, som er helt mørk og grå. Og hendes adfærd er tilbagetrukket, så meget som man nu kan trække sig tilbage i et S-tog fyldt med mennesker omkring sig. Hun virker sky, påpasselig.

Jeg mærker, at ømheden for hende intensiveres. Underlig fornemmelse, den følelse sidder lige omkring solar plexus. Hvad er det, der sker i mig lige nu? Hvordan kan et andet menneske afstedkomme dette i min krop, blot ved at sidde derovre og ae et barn på ryggen. Det er højst mærkværdigt.

Men det fylder så meget, at det er umuligt at ignorere, skubbe væk. Jeg har bare lyst til at give hende det, hun har brug for, bare hun har det godt. Hun fortjener at have det godt. Men hvad, hvis hun bare har brug for plads, for at være i fred? Det håber jeg ikke, det vil være svært. Det MÅ ikke være det, hun ønsker allermest. For jeg vil bare gerne forstyrre hende, snart, meget snart.

Men hvordan, uden at skræmme hende? Hun kunne godt være en, der blev skræmt af mig, en mandsperson.

Så hvad nu?

Togets fart aftager, så nærmer vi os næste station. Kvinden holder lidt fastere om barnet og rejser sig op. Det giver et sæt i mig, jeg har lyst til at springe op fra sædet, ikke på nogen måde vil jeg risikere at miste hende af syne. Men jeg vipper lidt med benet, kigger ud ad vinduet, holder vejret, mærker hende gå forbi der, hvor jeg sidder.

Jeg tager en dyb indånding. Har hun er duft? Min næse registrerer ikke noget. Jeg drejer hovedet, hun skal af her. Jeg rejser mig op og stiller mig i midtergangen, klar til at stå af sammen med hende, selvom jeg egentlig først skal af om fire stop.

Men det er lige meget. Toget er standset, og kvinden træder ud. Min hjerne er på overarbejde for at finde en måde at skabe kontakt til hende på. Hvad kan jeg gøre for at få hende i tale?

Hun går mod udgangen til venstre. Det samme gør jeg. Måske skal jeg bare satse og invitere hende på kaffe? Er det et klogt træk? Hvad hvis hun forsvinder, og jeg aldrig ser hende igen? Det giver et sug i maven på mig, det går ikke, jeg må ikke lade hende slippc væk.

Hun går rimelig hurtigt, når man tænker på, at hun bærer på et barn. Hun må være stærk. Hun ser sig ret meget omkring, er hun bange for noget, for at møde nogen?

Jeg ved det ikke. Jeg ved ingenting om hende, om hendes liv, og alligevel er jeg med et blevet totalt stalker-agtig og følger manisk efter hende. Jeg er blevet skør. Der er i hundredvis af kvinder i verden, i Danmark, i denne by, så hvorfor hende?

Jeg kan ikke svare på det, ikke med ord, det er ligesom en viden, jeg bare har, men jeg kan ikke formulere noget om det med ord. Jeg går stadig efter hende i passende afstand for ikke at virke truende. Jeg vil for alt i verden ikke virke truende.

Nu er vi oppe i gadeplan, og kvinden drejer til venstre. Hun passerer adskillige butikker uden at se ind ad vinduerne på nogen af dem. Hun er fokuseret, men på hvad? Jeg kan kun se hendes ryg og hendes ansigt i profil, når hun drejer hovedet for at se rundt.

Hun er smuk.

Hun er lige ved at snuble over en ujævn flise i fortovet, men genvinder balancen med det samme. Adræt. Barnet er også okay, men taber sutten.

Barnet begynder at græde med det samme.

Jeg kaster mig fremad og samler sutten op for at række den til hende. Har hun opdaget det, nu da barnet giver lyd fra sig?

Kvinden er stoppet og vender sig rundt for at se efter sutten. Hendes øjne spejder på jorden og kommer så til mine sko. Hendes blik glider op ad mig, indtil hun får øje på min udstrakte arm, der rækker sutten frem mod hende.

Hendes ansigt løftes yderligere for at se hele mig. Jeg smiler forsigtigt. Jeg kan ikke se hendes øjne. Gid, jeg kunne se hendes øjne.

Hun gør ingenting, selvom barnet græder.

”Er det dit barns sut?”

Hun nikker tøvende.

”Værsågod.”

Hun rører sig ikke. Det gør barnet til gengæld. Det kan godt genkende sutten og læner sig væk fra kvinden for at nå den sut, jeg holder i hånden. Jeg strækker mig fremad for at give den til barnet.

Men så tøver jeg.

”Men sutten er måske beskidt..?”

Barnet er ligeglad, det læner sig frem. Kvinder træder et lille skridt frem.

”Det gør ingenting.”

Hendes stemme er blød, sød musik i mine ører. Ja, det er, hvad jeg tænker, totalt kliche, men jeg elsker lyden af hendes stemme. Gid, hun ville tale til mig altid.

Jeg hvisker:

"Du har en smuk stemme."

"Undskyld, hvad?"

"Din stemme er meget smuk. Har du indtalt lydbøger? For så vil jeg købe dem og lytte til dem hver dag."

Jeg kan se, at hendes øjenbryn løftes. Jeg får lyst til at krybe ned i kloakristen ude i siden af vejen. Verdens mest latterlige scorereplik. Sikke et dårlige førstehåndsindtryk at give.

Men jeg bliver stående. For hun smiler en lille smule. Jeg ser mig hurtigt omkring, og hvor er det heldigt, vi står lige ud for en cafe.

"Må jeg give en kop kaffe? Så kan jeg skylle barnets sut under vandhanen derinde?"

Hun træder instinktivt et skridt baglæns, mens barnet vrider sig i hendes armen. Kvindens smil falmer og er helt væk på et øjeblik. Pokkers. Men jeg følte, at jeg var nødt til at satse. Ellers forsvinder hun bare, når sutten er givet til barnet igen.

"Sulten", siger barnet.

Jeg nikker.

"Måske har de noget frugt eller en ostemad til barnet, det er okay med mig, jeg giver."

Hun virker stadig skeptisk. Hvad skal jeg sige for at tippe det over til min fordel. Gå nu med, forsøger jeg at overtale hende med mine tanker, gå nu med ind og drik kaffe, jeg er sød og rar.

Hun nikker svagt.

"Okay."

Jeg smiler bredt, alt for bredt, men jeg kan ikke styre det.

"Dejligt, dejligt", siger jeg henrykt, retter mig op og går hen og åbner døren til cafeen. Jeg går ind og vender mig om. Jo, den er god nok, hun følger efter mig indenfor, om end tøvende. Puha, godt.

Jeg kigger mig omkring. Jeg vil gerne finde et bord, hvor hun kan sidde op mod væggen, ligesom i toget.

Der, nede i det bagerste hjørne, som faktisk er oppe på en platform, man skal lige træde et trin op til de seks borde, der står her. Endnu bedre, tror jeg, så har hun overblik over cafeområdet.

"Jeg tror, jeg har fundet et godt bord, herovre. Kom."

Hun følger efter. Jeg sætter mig med ryggen til alle de andre cafegæster.

"Du kan sidde i sofaen, er det okay?"

Hun nikker og smyger sig sidelæns ind sammen med barnet. Barnet sætter hun ved siden af sig og tager dets jakke af.

"Hvad skal jeg bestille til os? Så kan jeg gå op og hente det, for jeg tænker, at barnet gerne vil have lidt mad i en fart."

Hun nikker igen og kigger på menukortet.

"Små kartofler med dip og noget vand til Alma, en cafe latte til mig. Tak."

"Alright, jeg er tilbage med det lige om lidt. Der er ikke kø nu."

Jeg rejser mig og går ned for at bestille, mens jeg kigger på kvinden så ofte, jeg synes, at jeg kan tillade mig det.

Jeg balancerer de to kopper kaffe tilbage til bordet og sætter en foran hende og en foran mig. Og Alma får sit glas med vand.

"De skal lige lave kartoflerne. Alma, der er snart mad til dig."

Alma kigger på mig med store øjne.

"Jeg hedder i øvrigt Kenneth."

"Gabriela."

Hun har stadig solbriller på, tager hun dem ikke snart af?

"Jeg håber, at kaffen vil smage dig. Jeg har taget mig den frihed at bestille en omgang salat og et stort stykke chokoladekage til os. Så kan du tage det, du helst vil have, eller vi kan dele. Du bestemmer, men føl dig endelig ikke presset, spis kun, hvis du er sulten."

Gabriela smiler. Hun smiler! Jeg smiler tilbage mod hende. Hendes smil er det smukkeste, jeg nogensinde har set. Det eneste, jeg kan tænke på, er, hvordan jeg får hende til at smile igen.

"Tak, vi kan godt dele begge ting."

"Vil du ikke tage solbrillerne af herinde?"

Hun stivner og retter sig op. En medarbejder kommer og stiller maden på bordet, det giver hende lige et øjebliks tænketid.

Så begynder hun at hjælpe Alma med kartoflerne, som om hun har brug for at overveje længe, om hun skal tage sine solbriller af indenfor. Men det er da

bare at tage solbrillerne af. Hvorfor har hun dem på
hele tiden?

”Jeg henter lige nogle ekstra tallerkner, så vi bedre
kan dele. Og tak for at gå med mig herind. Skulle jeg
egentlig ikke lige skylle sutten, som jeg lovede?”

Gabriela rækker mig sutten og fokuserer igen på
Alma.

Jeg rejser mig for at gøre det, jeg sagde, jeg ville.
Tilbage ved bordet igen sidder jeg og kigger på
hende.

”Du er smuk. Undskyld, men jeg kan ikke lade være
med at sige det højt. Du har det smukkeste smil, det
er dejligt at se dig smile.”

Gabriela rødmer.

Og så tager hun solbrillerne af. Jeg holder øje med
hende, hun må have de smukkeste øjne i hele
verden, så passer det til resten af hende.

Jeg tror, at jeg holder vejret, mens jeg venter. Hun
gør det langsomt, forsigtigt. Hun lægger solbrillerne
på bordet og ser mig ind i øjnene.

Wow, de øjne er smukke. Jeg smiler.

”Du har også smukke øjne.”

Jeg bliver helt varm indeni. Men så kryber kulden op omkring benene på mig. Jeg studerer hendes ansigt, og rundt om det ene øje er der mørkt.

"Hvad er der sket?"

Hun siger ikke noget.

Men... er du faldet? Eller er det en, der har gjort noget mod dig?"

Hun nikker.

"Ej, det er fucking ked af at høre. Er du okay? Eller nej, det er man selvfølgelig ikke. Kan jeg gøre noget? Okay, jeg er fremmed, men jeg er altså virkelig sød og rar. Jeg vil gerne passe på dig."

Hov, kom det lige ud af min mund. Alt for meget på en gang. For pokker, Kenneth, slap dog af. Kvinden er blevet slået, og du tilbyder hende det halve kongerige.

Jeg ryster på hovedet ad mig selv.

"Men... man kan anmelde det, ikke? Har du gjort det?"

"Jeg tør ikke."

"Men... kan jeg hjælpe? Hvordan kan jeg hjælpe? Du er det smukkeste menneske, jeg nogensinde har set, du passer så godt på din datter. Du skal have det godt, rart. Roligt og ufarligt. Altså…"

Hun kigger på mig, gransker mit ansigt for at se, om jeg er troværdig.

"Ja, jeg kan forestille mig, at det er svært at stole på mig, hvis en anden mand har gjort dig fortræd. Men jeg er god nok. Ring til mine ekskærester, de vil fortælle, at det er mit rod og min glemsomhed, de ikke kan holde ud."

Jeg er pludselig desperat, jeg vil så gerne holde hende her, men det blev hurtigt kompliceret. Jeg mærker dog også, at jeg er ligeglad. Kompliceret er lige meget, bare hun bliver i mit liv. Jeg vælger at sige det højt.

"Det hele virker måske rimelig kompliceret, men jeg er ligeglad. Kompliceret er fint nok, bare du ikke forsvinder ud af mit liv."

Hun måber. Det forstår jeg godt. Jeg er alt for overvældende. Jeg kan bare mærke, at hun er *the one*. Bliv her altid. Hvordan holder jeg fast på hende.

"Hvordan kan jeg vise dig, at jeg vil hjælpe dig?"

Hun trækker på skuldrene, det er mit problem. Hendes problem er, at hun skal være bedre til at passe på sig selv.

”Jeg ved det. Du kan bo i min lejlighed. Det er ligesom et hemmeligt sted. Og jeg flytter over til min ven Martin, så du har det for dig selv. Og så kan vi mødes til kaffe en gang om dagen, så længe du bor der? Hvad tænker du om det?”

Gabriela virker til at overveje det, hendes mund bevæger sig, hun kigger rundt, alle andre steder end på mig. Hun køber tid ved at sludre lidt med Alma og ae hende over håret.

Så kigger hun på mig og smiler.

”Jeg bør ikke gøre det, jeg bør ikke have mænd i mit liv. Men jeg er desperat, så jeg siger ja. Det er meget storsindet af dig.”

”Jeg kan bare mærke, at du gerne må være en del af mit liv på en eller anden måde. Dit tempo, din vej, men jeg bliver, så længe du vil have det.”

”Overvældende, meget overvældende.”

”Ja, undskyld. Jeg... tag al den tid, du har brug for. Jeg venter. Jeg...”

Jeg går i stå. Hvad mere er der at sige? Nu er der kun tilbage at gøre det, at tage et minut ad gangen og se, hvad der sker. Angstprovokerende og svært og sikkert langsommeligt. Men jeg vil hende virkelig gerne, og Alma er selvfølgelig også mere end velkommen. Jeg venter gerne.

”Skal vi gå udenfor igen?”

”Ja, lad os det.”

Tak fordi du læste mine ord.

Jeg ønsker dig en fantastisk dag fuld af forandring.

Må det være for dig en bedre dag i dag end i går og
en bedre dag i morgen end i dag.

Kærlig hilsen

Pia